—— 新版 ——
小学语文同步阅读

鸟的天堂

NIAO DE TIANTANG

巴金 ——
著

长江出版传媒　长江文艺出版社

目录

第一辑　鸟的天堂

鸟的天堂

我们在陈的小学校里吃了晚饭。热气已经退了。太阳落下了山坡，只留下一段灿烂的红霞在天边，在山头，在树梢。

"我们划船去!"陈提议说。我们正站在学校门前池子旁边看山景。

"好。"别的朋友高兴地接口说。

我们走过一段石子路，很快地就到了河边。那里有一个茅草搭的水阁。穿过水阁，在河边两棵大树下我们找到了几只小船。

我们陆续跳上一只船。一个朋友解开绳子，拿起竹竿一拨，船缓缓地动了，向河中间流去。

三个朋友划着船，我和叶坐在船中望四周的景致。

远远的一座塔耸立在山坡上，许多绿树拥抱着它。在这附近很少有那样的塔，那里就是朋友叶的家乡。

河面很宽，白茫茫的水上没有波浪。船平静地在水面流动，三支桨有规律地在水里拨动。

在一个地方河面变窄了。一簇簇的绿叶伸到水面来，树叶绿得可爱。这是许多棵茂盛的榕树，但是我看不出树干在什么地方。

　　我说许多棵榕树的时候，我的错误马上就给朋友们纠正了，一个朋友说那里只有一棵榕树，另一个朋友说那里的榕树是两棵。我见过不少的大榕树，但是像这样大的榕树我却是第一次看见。

　　我们的船渐渐地逼近榕树了。我有了机会看见它的真面目：是一棵大树，有着数不清的桠枝，枝上又生根，有许多根一直垂到地上，进了泥土里。一部分的树枝垂到水面，从远处看，就像一棵大树躺在水上一样。

　　现在正是枝叶繁茂的时节（树上已经结了小小的果子，而且有许多落下来了）。这棵榕树好像在把它的全部生命力展览给我们看。那么多的绿叶，一簇堆在另一簇上面，不留一点缝隙。翠绿的颜色明亮地在我们的眼前闪耀，似乎每一片树叶上都有一个新的生命在颤动，这美丽的南国的树！

　　船在树下泊了片刻，岸上很湿，我们没有上去。朋友说这里是"鸟的天堂"，有许多只鸟在这棵树上做窝，农民不许人捉它们。我仿佛听见几只鸟扑翅的声音，但是等到我的眼睛注意地看那里时，我却看不见一只鸟的影子。只有无数的树根立在地上，像许多根木桩。地是湿的，大概涨潮时河水常常冲上岸去。"鸟的天堂"里没有一只鸟，

我这样想。船开了。一个朋友拨着船，缓缓地流到河中间去。

在河边田畔的小径里有几棵荔枝树。绿叶丛中垂着累累的红色果子。我们的船就往那里流去。一个朋友拿起桨把船拨进一条小沟。在小径旁边，船停住了，我们都跳上了岸。

两个朋友很快地爬到树上去，从树上抛下几枝带叶的荔枝，我同陈和叶三个人站在树下接。等到他们下地以后，我们大家一面吃荔枝，一面走回船上去。

第二天我们划着船到叶的家乡去，就是那个有山有塔的地方。从陈的小学校出发，我们又经过那个"鸟的天堂"。

这一次是在早晨，阳光照在水面上，也照在树梢。一切都显得非常明亮。我们的船也在树下泊了片刻。

起初四周非常清静。后来忽然起了一声鸟叫。朋友陈把手一拍，我们便看见一只大鸟飞起来，接着又看见第二只，第三只。我们继续拍掌。很快地这个树林变得很热闹了。到处都是鸟声，到处都是鸟影。大的，小的，花的，黑的，有的站在枝上叫，有的飞起来，有的在扑翅膀。

我注意地看。我的眼睛真是应接不暇，看清楚这只，又看漏了那只，看见了那只，第三只又飞走了。一只画眉飞了出来，给我们的拍掌声一惊，又飞进树林，站在一根小枝上兴奋地唱着，它的歌声真好听。

"走罢。"叶催我道。

小船向着高塔下面的乡村流去的时候,我还回过头去看留在后面的茂盛的榕树。我有一点的留恋的心情。昨天我的眼睛骗了我。"鸟的天堂"的确是鸟的天堂啊!

一九三三年六月在广州

龙

　　我常常做梦。无月无星的黑夜里我的梦最多。有一次我梦见了龙。

　　我走入深山大泽，仅有一根手杖做我的护身武器，我用它披荆棘，打豺狼，它还帮助我登高山，踏泥沼。我脚穿草鞋，可以走过水面而不沉溺。

　　在一片大的泥沼中我看见一个怪物，头上有角，唇上有髭，两眼圆睁，红亮亮像两个灯笼。身子完全陷在泥中，只有这个比人头大两三倍的头颅浮出污泥之上。

　　我走近泥沼，用惊奇的眼光看这个怪物。它忽然口吐人言，阻止我前进："你是什么？要去什么地方？为什么来到这里？"

　　"我是一个无名者。我寻求一样东西。我只知道披开荆棘，找寻我的道路。"我昂然回答，对着怪物我不需要礼貌。

　　"你不能前进，前面有火焰山，喷火数十里，伤人无算。"

"我不怕火。为了得到我所追求的东西，我甘愿在火中走过。"

"你仍不能前进，前面有大海，没有船只载你渡过白茫茫一片海水。"

"我不怕水，我有草鞋可以走过水面。为了得到我所追求的东西，甚至溺死，我也毫无怨言。"

"你仍不能前进，前面有猛兽食人。"

"我有手杖可以打击猛兽。为了得到我所追求的东西，我愿与猛兽搏斗。"

怪物的两只灯笼眼射出火光，从鼻孔中突然伸出两根长的触须，口大张开，露出一嘴钢似的亮牙。它大叫一声，使得附近的树木马上落下大堆绿叶，泥水也立刻沸腾起泡。

"你这顽固的人，你究竟追求什么东西？"它厉声问道。

"我追求生命。"

"生命？你不是已经有了生命？"

"我要的是丰富的、充实的生命。"

"我不明白你的意思。"它摇摇头。

"我活着不能够做一件有益的事情。我成天空谈理想，却束手看着别人受苦。我不能给饥饿的人一点饮食，给受冻的人一件衣服；我不能揩干哭泣的人脸上的眼泪。我吃着，谈着，睡着，在无聊的空闲中浪费我的光阴——像这样的一个人怎么能说是有生命？在我，若得不到丰富的、充实的生命，那么活着与死亡又有什么区别？"

怪物想了想，仍然摇头说："我怕你会永远得不到你所追求的东西。或许世界上根本就没有这样的东西。"

我在它那张难看的脸上见到一丝同情了。我说："不会没有，我在书上见过。"

"你这傻子，你居然相信书？"

"我相信，因为书上写得明白，讲得有道理。"

怪物叹息地摇摆着头："你这顽强的人，我劝你立刻回头走。你不知道前面路上还有些什么东西等着你。"

"我知道，但是我还要往前走。"

"你应该仔细想一下。"

"你为什么这样不惮烦地阻止我？我同你并不相识，我甚至不知道你的名字。告诉我，你究竟叫什么名字！"

"已经有很久没有人提起我的名字了，我自己也差不多忘记了它。现在我告诉你：我是龙，我就是龙。"

我吃了一惊。我望着那张古怪的脸。

"你是龙，怎么会躺在泥沼中？据我所知，龙是水中之王，应该住在大海里。你为什么又不能乘雷上天？"我疑惑地问道。这时天空响起一声巨雷，因此我才有后一句话。我看看它的身子，黄黑色的污泥盖住了它的胸腹和尾巴。泥水沸腾似的在发泡。从水面不断地冒起来难闻的臭气。

龙沉默着，它似乎努力在移动身子。但是身子被污泥粘着，盖着，压着，不能够动弹。它张开嘴哀叫一声，两颗大的泪珠从眼里掉下来。

它哭了！我惶恐地望着它的头，我想，这和我在图画上看见的龙头完全不像，它一定对我说了假话。它不是龙。

"我也是为了追求丰富的生命才到这里来的。"它止了泪开始叙述它的故事。它的话是我完全料不到的。这对我是多大的惊奇！

"我和你一样，也不愿意在无聊的空闲中浪费我的光阴。我不愿意在别的水族的痛苦上面安放我的幸福宝座，我才抛弃龙宫，离开大海，去追求你所说的那个丰富的、充实的生命。我不愿意活着只为自己，我立志要做一些帮助同类的事情。我飞上天空，我又不愿终日与那些飘浮变化的云彩为伍，也不愿高居在别的水族之上。我便落下地来。我要访遍深山大泽，去追寻我在梦里见到的东西。在梦中我的确见过充实的、有光彩的生命。结果我却落在污泥里，不能自拔。"它闭了嘴，从灯笼眼里流出几滴泪珠，颜色鲜红，跟血一样。

"你看，现在污泥粘住了我的身子，我要动一下也不能够。我过不了这种日子，我宁愿死！"它回过头去看它的身子，但是眼前仍然只是那一片污泥。它痛苦地哀叫一声，血一样的眼泪又流了下来。它说："可是我不能死，而且我也不应该死。我躺在这里已经过了多少万年了。"

我的心因同情而痛苦，因恐惧而猛跳。多少万年！这样长的岁月！它怎么能够熬过这么些日子？我打了一个冷噤。但是我还能够勉强地再问它一句："你是怎样陷到污泥里来的？”

"你不用问我这个。你自己不久就会知道，你这顽固的年轻人。"它忽然用怜悯的眼光望我，好像它已经预料着，不幸的遭遇就会降临到我身上来似的。

我没有回答。它又说："我想打破上帝定下的秩序，我想改变上帝的安排，我去追求上帝不给我们的东西，我要创造一个新的条件。所以我受到上帝的惩罚。为了追求充实的生命，我飞过火焰山，我斗过猛兽，我抛弃了水中之王的尊荣，历尽了千辛万难。但是我终于逃不掉上帝的掌握，被打落在污泥里，受着日晒、雨淋、风吹、雷打。我的头、我的脸都变了模样，我成了一个怪物。只是我的心还是从前的那一颗，并没有丝毫的改变。"

"那么，你为什么阻止我前进，不让我去追寻生命？"

"顽固的人，我不愿意你也得着厄运。你是人，你不能活到万年。你会死，你会很快地死去，你甚至会毫无所获而失掉你现在有的一切。"

"我不怕死。得不到丰富的生命我宁愿死去。我不能够像你这样，居然在污泥中熬了多少万年。我奇怪像你这样的生活还有什么值得留恋？"

"年轻人，你不明白。我要活，我要长久活下去。我还盼望着总有那么一天，我可以从污泥中拔出我的身子，我要乘雷飞上天空。然后我要继续追寻丰富的、充实的生命。我的心在跳动，我的意志就不会消灭。我的追求也将继续下去，直到我的志愿完成。"

它说着，泪水早已干了，脸上也没有了痛苦的表情，如今有的却是勇敢和兴奋。它还带着信心似的问我一句："你现在还要往前面走？"

"我要走，就是火山、大海、猛兽在前面等我，我也要去！"我坚决地甚至热情地回答。

龙忽然哈哈地笑起来。它的笑声还未停止，一个晴空霹雳突然降下，把四周变成漆黑。我伸出手也看不见五根指头。就在这样的黑暗中，我听见一声巨响自下冲上天空。泥水跟着响声四溅。我觉得我站的土地在摇动了。我的头发昏。

天渐渐地亮开来。我的眼前异常明亮。泥沼没有了。我前面横着一片草原，新绿中点缀了红白色的花朵。我仰头望天。蔚蓝色的天幕上隐约地现出淡墨色的龙影，一身鳞甲还是乌亮乌亮的。

一九四一年七月二十八日

虎

我不曾走入深山，见到活泼跳跃的猛虎。但是我听过不少关于虎的故事。

在兽类中我最爱虎，在虎的故事中我最爱下面的一个：

深山中有一所古庙，几个和尚在那里过着单调的修行生活。同他们做朋友的，除了有时上山来的少数乡下人外，就是几只猛虎。虎不惊扰僧人，却替他们守护庙宇。作为报酬，和尚把一些可吃的东西放在庙门前。每天傍晚，夕阳染红小半个天空，虎们成群地走到庙门口，吃了东西，跳跃而去。庙门大开，僧人安然在庙内做他们的日课。也没有谁出去看虎怎样吃东西，即使偶尔有一两和尚立在门前，虎们也视为平常的事情，把他们看作熟人，不去惊动，却斯斯文文地吃完走开。如果看不见僧人，虎们就发出几声长啸，随着几阵风飞腾而去。

可惜我不能走到这座深山，去和猛虎为友。只有偶尔在梦里，我才见到这样可爱的动物。在动物园里看见的则是被囚在"狭的笼"①中摇尾乞怜的驯兽了。

其实说"驯兽"，也不恰当。甚至在虎圈中，午睡醒来，昂首一呼，还能使猿猴战栗。万兽之王的这种余威，我们也还可以在作了槛内囚徒的虎身上看出来。倘使放它出柙，它仍会奔回深山，重做山林的霸主。

我记起一件事情：三十一年前，父亲在广元做县官。有天晚上，一个本地猎户忽然送来一只死虎，他带着一脸惶恐的表情对我父亲说，他入山打猎，只想猎到狼、狐、豺、狗，却不想误杀了万兽之王。他决不是存心打虎的。他不敢冒犯虎威，怕虎对他报仇，但是他又不能使枉死的虎复活，因此才把死虎带来献给"父母官"，以为可以减轻他的罪过。父亲给了猎人若干钱，便接受了这个礼物。死虎在衙门里躺了一天，才被剥了皮肢解了。后来父亲房内多了一张虎皮椅垫，而且常常有人到我们家里要虎骨粉去泡酒当药吃。

我们一家人带着虎的头骨回到成都。头骨放在桌上，有时我眼睛看花了，会看出一个活的虎头来。不过虎骨总是锁在柜子里，等着有人来要药时，父亲才叫人拿出它来磨粉。最后整个头都变成粉末四处散开了。

经过三十年的岁月，人应该忘记了许多事情。但是到今天我还记得虎头骨的形状，和猎人说话时的惶恐表情。

---

① "狭的笼"，指虎圈，见爱罗先珂的童话《狭的笼》（鲁迅译）。

如果叫我把那个猎人的面容描写一下，我想用一句话：他好像做过了什么亵渎神明的事情似的。我还要补充说：他说话时不大敢看死虎，他的眼光偶尔挨到它，他就要变脸色。

死了以后，还能够使人害怕，使人尊敬，像虎这样的猛兽，的确是值得我们热爱的。

一九四一年七月二十六日

狗

　　小时候我害怕狗。记得有一回在新年里，我到二伯父家去玩。在他那个花园内，一条大黑狗追赶我，跑过几块花圃。后来我上了洋楼，才躲过这一场灾难，没有让狗嘴咬坏我的腿。

　　以后见着狗，我总是逃，它也总是追，而且屡屡望着我的影子猖狂狂吠。我愈怕，狗愈凶。

　　怕狗成了我的一种病。

　　我渐渐地长大起来。有一天不知道因为什么，我忽然觉得怕狗是很可耻的事情。看见狗我便站住，不再逃避。

　　我站住，狗也就站住。它望着我狂吠，它张大嘴，它做出要扑过来的样子。但是它并不朝着我前进一步。

　　它用怒目看我，我便也用怒目看它。它始终保持着我和它中间的距离。

　　这样地过了一阵子，我便转身走了。狗立刻追上来。

　　我回过头，狗马上站住了。它望着我恶叫，却不敢朝我扑过来。

"你的本事不过这一点点。"我这样想着，觉得胆子更大了。我用轻蔑的眼光看它，我顿脚，我对它吐出骂语。

它后退两步，这次倒是它露出了害怕的表情。它仍然汪汪地叫，可是叫声却不像先前那样的"恶"了。

我讨厌这种纠缠不清的叫声。我在地上拾起一块石子，就对准狗打过去。

石子打在狗的身上，狗哀叫一声，似乎什么地方痛了。它马上掉转身子夹着尾巴就跑，并不等我的第二块石子落到它的头上。

我望着逃去了的狗影，轻蔑地冷笑两声。

从此狗碰到我的石子就逃。

一九四一年七月二十四日

猴子的悲哀

在最高的一层，就是头等舱的上面，大概是船长住的地方。我们在第四层甲板上可以望见上面的景物。那里的房间有三扇圆的窗户，被蓝花布窗帷掩着。房门不在这一面。房外两边都有空地方，各放了一只小船，左边还放着几个铁丝笼，里面关了三四只大鸟。在一张桌上还有一个笼子，一只猴子被囚在里面。

有一天，猴子居然从囚笼里逃出来了。

我知道这件事是在第二天早上，就是离开新加坡的次日。我看见旗杆上有一个像老鼠一般的东西。旗杆很粗，上面因为有几根起重机的杠杆要靠在那里，就加了一个椭圆的木板，四面也围着铁栏杆。栏杆不高，又不密，倘使有人站在木板上看下面，他的身子只能够被栏杆遮住一小半。所以猴子在上面跳动，我们也看得见。船的两边各有一个用粗绳（也许是铁丝）编成的梯子，一直通到木板上，有时水手也从这个梯子爬上去扫除上面的灰尘。木板上面还有一道小梯，通到旗杆的顶上。

起初我还疑心那个东西是老鼠，因为我们在货舱里看见过大老鼠，而且那时我还不知道猴子逃亡的事。后来猴子沿着梯子爬下来，但是爬到中途又爬回去了。这次我才看清楚它是猴子，而且就是平日关在铁丝笼中的猴子。于是有人来告诉我猴子逃亡的故事，又有人说它昨晚曾在上面拉绳子弄出响声来。

　　黎拿了一个苹果出来，问一个瑞士老头子怎样才可以把它抛上去给猴子吃，猴子已经饿了快一天了。瑞士老头子虽然是老于航海的人，却也没法回答黎的问话。

　　不久一个水手从左边的梯子爬了上去，爬得很快。他快要爬到上面，却给猴子看见了。猴子就从右边爬下来。这个水手马上退了几步，向旁边一侧，同时把手向猴子一扬。猴子本来很狡猾，它爬到半途便停下来观动静，这时又爬回到木板上去。水手看见它爬回去，就很快地爬上了木板。猴子却又从右边爬下去了。于是另一个水手又从右边的梯子爬上去。猴子看见两边都有人上来捉它，便很快地溜到起重机的杠杆上去。右边的水手立刻把脚一蹬手一扬，也就溜到那根杠杆上面。猴子又溜上了另一根杠杆，水手也跟着上去。猴子看见追得急了，连忙溜到旁边吊货的绳子上。下面站的旁观者便拉起那根绳子用力摇动。猴子没有防备，经不住一摇就落到第三层的甲板上面了。旁观的人一齐跑过去捉它。它跑得很快，大家都追不上。后来还是一个法国兵用了一顶大帽子把它罩住了。这时候饲猴人就跑过来，很欢喜地把猴子抱在怀里，走上最高的一层去了。

猴子在饲猴人的怀里不住地哀叫。声音并不响亮，却有点惨痛，在这静寂的海上，在我的平静的心里，许久都不能消去。

第二辑　做一个战士

我 们[①]

外面是火光、枪声、兽的叫喊、人的哭泣……

屋子里是暗淡的灯光、急促的呼吸。

我陪伴着躺在病榻上的弟弟。

我失掉了父亲和母亲。在我的生活里唯一的亲人就是这个十三岁的小弟弟了。

外面街上，那些新进城的高举太阳旗的兵在抢劫，在放火，在杀人。受害的就是我们那些贫苦的弟兄，也就是我常常在街上看见的那些人。我听见他们的哀号和求救声。声音响成了一片，里面也有妇人和小孩的声音。我明白我们的弟兄们遭到残酷的屠杀了。

那些血，那些尸体，那些毁了的家——我不敢想。

我守住弟弟的病榻，不敢出去。

我等着太阳旗进来，我又祈祷着太阳旗不要进来，为了我的弟弟。

---

① 本篇最初发表于一九三一年十一月十日《小说月报》第二十二卷第十一号。

弱者的恐怖，弱者的耻辱，弱者的悲哀——我全感到了。

外面仍然是火光、枪声、兽的叫喊、人的哭泣……

"哥哥。"弟弟忽然坐起来，高声狂叫。他那只发烫的手紧紧捏住我的手。他望着我的眼睛。我连忙把眼睛掉开，我害怕看到他眼里的强烈的火光。

"哥哥，在这个世界上再没有比人更高贵的生物罢，是不是？"

我默默地点了点头。

"那么我们算不算是人呢？为什么还有比我们更高贵的呢？"

对于这样简单的问话我平日不假思索就可以答出来。然而现在我能够说什么呢？外面街上是火光、枪声、兽的叫喊、人的哭泣……我们的弟兄们让人任意侮辱、残杀，像一只狗、一头猪。我在屋子里怀着恐怖的心情等待死亡。我能够回答弟弟说，我们是人吗？

"为什么我们应当像猪似的让人宰杀呢？为什么我们应当作别人的枪靶子呢？"他不肯放松地追问下去，他用力摇我的胳膊。"我们不也是人吗？为什么我们生来就受虐待、受侮辱呢？哥哥，告诉我，为什么他们要来占我们的土地、屠杀我们呢？"

我没法回答他。他的叫声刺痛了我的心。

"为什么不回答呢？你这个胆小鬼！"弟弟狂怒地骂起

我来。他捏紧小拳头朝我的身上乱打。我一点儿也不躲避。我的心痛得更厉害了。

弟弟终于拿开了手。然而他低声哭了起来，而且哭得很伤心。

"哥哥，你把我杀死罢！"弟弟忽然大声央求我。"这种做别人的枪靶子的生活，我不要再过下去了。我迟早会被他们杀死的……那么还是请你杀死我罢。死在哥哥的手里倒强似活着去吃别人的刀尖和子弹……"他抓住我的胳膊哀求、狂叫。

"轻声点，不要让日本兵听见，他们会跑进来的。"我恐怖地说，就伸出手去蒙他的嘴。

他推开我的手，只管说下去：

"哥哥，我们和他们不是一样的人吗？在这个世界上不全是一样的人吗？……为什么别人的孩子就有光，有热，有花，有爱，我却应当作枪靶子呢？为什么我们的亲人要被他们杀死，我们的房屋要被他们烧光呢？……哥哥，为什么呢？学堂里、教科书上明明说我们的身体构造和他们的完全一样，我们和他们都是一样的人，那么为什么我们不能够好好地活下去？我们应当把自己养肥来给别人做枪靶子呢？哥哥，我不要活了，请你把我杀死罢……你哭了！哥哥，我知道你爱我。你不肯杀我，那么你愿意让日本兵来杀死我吗？……"

我望着我的手，我的手在打颤。我抚摩我的胸膛，我的心也在战栗。我害怕我真会用我自己这双手杀死我的弟弟。

弟弟说得对。他活着，没有光，没有热，没有花，没有爱。他活着，只是为了给别人做枪靶子。像这样活下去，还不如死了好。与其留着给高举太阳旗的兵开刀，还不如由做哥哥的我亲手杀死。

然而我看见弟弟那张可爱的脸，那张让眼泪打湿了的、被热情烧红了的圆圆脸，我的心又软了。我连忙扑过去，抱着我的弟弟，我狂吻他的脸颊。我坚决地说，我要保护他，决不让日本兵来伤害他。我要用尽一切力量不让他受到丝毫的损害……

外面是火光、枪声、兽的叫喊、人的哭泣……

一九三一年九月二十九日深夜

一个回忆^①

回忆折磨我。我好像又回到去年春天里了……

在上海闸北的宝山路上有我平日称做"家"的地方^②。然而一个多月来，我就不能够回到那里去了。许多穿制服的人阻拦着我，每一条通到闸北的路都被铁丝网拦住。我冒险地奔走许多次，始终找不着一个机会回到我那个"家"，回到我在一个凄清的夜里分别了的那个"家"。

我一个人带着一本书离开了微雨中的上海，那时宝山路上只有寂寞和寒冷。等到十多天以后我从南京回来时，就只能够看见闸北的火光了。

轮船驶进黄浦江的时候，我站在甲板上，我看见黑烟遮满了的北面的天空，我听见大炮隆隆的怒吼和机关枪密放的声音。我冷静地看着黑烟的蔓延，我冷静地听着船上许多乘客的惊叫。我又望着那些江边的高大的建筑物，我

---

① 本篇最初发表于一九三三年五月一日《读书中学》第一卷第一号。

② 作者在一九二八年十二月从法国回到上海，就住在闸北宝山路宝光里十四号。

又望着外白渡桥上拥挤的行人，我又望着外滩马路上来往的载行李的车辆，我咬紧我的嘴唇，不让它们发出任何的声音，我觉得我的血已经冷了，冷得结冰了。忽然一阵恶毒的憎恨抓住了我，使我的全身颤抖起来，我明明听见一个响亮的声音在我的耳边说："历史上没有一次血是白流的。"

我怀着这样的心情，在十六浦码头登了岸。如今我是一个无家可归的人了。晚上我没有固定的住宿的地方。这样地彷徨了几天以后，我才在一个朋友的家里找到了住处，同时我还找到一个可以消磨时间的工作——我拿起了我的笔。我就这样地度过了将近三十天的痛苦的生活。三月二日的夜晚，得到闸北落在侵略者手里的消息，看见半个天空的火光，听见无数人的绝望的叹息，我又一次被恶毒的憎恨压倒了。我一个人走在冷静的马路上，我也叹息，我也呼吁，我要血海怒吼起来把那些侵略者淹没掉。

后来我终于有机会到闸北去了，我同一个朋友从北四川路底绕进去。我们受到了两次的搜查。

我们的脚踏在闸北的土地上。在我们的面前横着许多烧焦的断木和碎瓦，路已经是不可辨认的了。到处是瓦砾，大部分的房屋都只剩下空架子，里面全是空洞。我同行的朋友曾经住过的江湾路口的房屋就只剩下光光的一堵墙壁。房东也是我的朋友，我知道他是在战争发生的第二天被日本帝国的兵士赶出来的，他没有带出一件东西，只有孤零零的一个人，后来就回到故乡去了。我从前常去他那个地方。那个房间内，哪里是床，哪里是桌子，哪里是书架，我都记得很清楚。然而如今我就只看见一片瓦砾！我的朋友，那个在困苦中不断地挣扎的朋友！我简直不敢想下去……

我们在废墟中慢慢地走着，我认不出哪里是我曾经进去过的饭馆，哪里是我常常看见的店铺，哪里又是我的一些朋友居住的地方。我们踏着瓦砾，有些地方还有热气。我们非常小心，害怕踏着没有爆炸的炸弹。

"看，这血迹！"朋友埋着头说。在地上瓦砾堆旁边，我看见了一摊黑红色的迹印。人的血！活人的血管里流出来的血！

在一堵残缺的墙壁下，瓦砾中躺着好几具焦黑的尸体。身子那样小，而且蜷曲着，完全没有人的样子。然而活着的时候，他们分明是人，跟我一样的、并且生活在我周围的人呀！

温暖的阳光照在我们的头上，四周是死一般的静寂，走了这许久，我们没有看见一个人影，连日本兵也不见一个！我以为我可以看到我的家了，虽然这时候我还不知道房屋是否存在。我这样一想，心就厉害地抖起来。然而几个日本兵在我们的面前出现了。一个穿便服的日本人站在路旁用上海话对我们说，前面不许通行。

失望压倒了我们。但是我们不过是两个徒手的青年，四周又没有别的人，只有一条开始脱毛的死狗躺在我的脚边。

几天以后，我第二次走进了闸北，陪我去的是另一个朋友。这一次我们从虬江路进去。

我以前很熟悉虬江路，如今我居然认不出它是什么地方了。我看不见一间完好的房屋，瓦砾堆接连着瓦砾堆，这样遮住了我的视线。两三部黄包车载了劫余的用具迎面过来。几个乡下女人在我们前面低声叹气。十字路口被沙袋堵塞了，只留下容许一部汽车通过的地方。在沙袋堆上骄傲地站着日本帝国的兵士，这个海军陆战队的小兵毫无原因地叫嚣着，故意威胁、留难来往的行人。我们受过几次盘查，终于进到里面去了。

我们走在似乎还有热气的路上，我用憎恨的眼光看周围的一切。一队日本帝国的兵士在瓦砾堆旁边走过了，尽是得意的面貌，他们在一些乡下女人面前表示他们的英勇。几个江北人弓着腰在瓦砾堆里挖掘。一个老妇人坐在她的成了废墟的家门口低声哭泣，另一个女人牵着两个孩子找寻她那个失去的丈夫。几个中年人一路上摇头叹气。"完了，什么都完了！作孽呀！"许多人这样说。

鸿兴坊的世界语学会已经成了一片焦土。那个学会是一些朋友带着献身的精神建立起来的，在它的短短历史中我也贡献了一点点心血。过去有一个时期我每天晚上都要在那写字台前一把藤椅上度过两小时的光阴，椅子是我坐惯了的，书橱里的藏书也是我常常翻阅的。但是如今这一切都变成了一段不可相信的梦景。许多可以表示友情的证据都消灭得无踪无影了。我和那个朋友站在一堆瓦砾前，还有什么话可说呢？我的眼睛开始湿润了。

于是我回到了我的家。衡堂门关着，我们只得埋着头从隔壁的劫余的墙洞里进去。我们这个衡堂并没有毁掉，房屋全在，我可以分辨清楚哪一家从前是什么人住的地方。但是如今都只剩下空屋了。

在我的家里楼下，有人挖了一个大坑，亭子间是我放书的地方，被一个炮弹打破了，不过只毁了几十本书。除了书和家具外，什么东西都给人拿走了，却留下地板上的几堆人粪……

"你的书还在，这真是幸事！"那个朋友安慰我说。

我起初微笑，我很高兴。但是后来我和朋友将一本一本的书整理的时候，我忽然带着厌恶对自己说："我已经被书本累了一生了！"……

我的记忆模糊起来，许多影子在我的眼前晃动。日本兵的枪刺……海军陆战队中队长的蠢然的笑脸……一对逃难归来的贫家夫妇……一个脱了肉只剩牙齿的头颅……两三次日本兵的严厉的查问……在江湾路上偷玻璃被日本兵打伤腿的两个江北人……狗吃剩了的人腿……未爆炸的两百五十磅的炸弹……以及许多许多……

我没有做一个"海的梦"，轮船就到岸了。

一九三二年春在上海
一九三三年五月底在广州改写

在轰炸中过的日子①

　　回到这个城市。我又记起许多事情。这里的生活给我的印象太深了，我不能忘记。我现在还是和从前一样平淡地过日子，不悲观，也不过于乐观，只靠着一个信念指导我。

　　随着信念的指示做事情，事无论大小，在我都会感到喜悦。在这里我特别想多做事，只是因为我害怕第二天这种喜悦就完全消失。这种害怕并不是"杞忧"，住在这里的人都知道它是一个常来的熟朋友。惨死并不是意外的不幸，我们看见断头残肢的尸首太多了。前几天还和我谈过几句话的某人在一个清早竟然倒插在地上，头埋入土中地完结了他的生命。有一次警报来时我看见十几个壮丁立在树下，十分钟以后在那里只剩下几堆血肉。有一个早晨我在巷口的草地上徘徊，过了一刻钟那里就躺着一个肚肠流出的垂死的平民。晚上在那个地方放了三口棺材，棺前三

　　① 本篇最初发表于一九三八年八月十三日香港《大公报·文艺》。

支蜡烛的微光凄惨地摇晃。一个中年妇人在棺前哀哭。

　　我们过了一些这样的日子。在那些时候我们白天做事常常受到阻碍。飞机在头顶上盘旋，下降，投弹，上升，或者用机关枪扫射。房屋震动了，土地震动了。有人在门口叫。有人蹲在地上。我们书店的楼下办事处也成了临时避难室。要在那里继续做我们的工作，是相当困难的。有一回我听见飞机在上空盘旋寻找目标，听见机关枪的密放，听见炸弹在不远处爆炸，我还埋头写我的那篇题作《给一个敬爱的友人》的文章，我写下我相信拥护正义的我们会得到最后胜利的话。我并非有意夸耀我的镇静，我承认我是用了绝大的努力，才镇压住感情的波动。所以写完文章我便感到十分疲倦。这样的事我只做过一次。平常飞机来投弹的时候，我在家里，便躺在床上睡觉（后来炸得太厉害了，我便到楼下去躲避）；在办事处，则坐在藤椅上和同事讲几句闲话。有两三次我和朋友在哥伦布咖啡店吃早点，给关在里面不能出来，旁边一条街被炸了，我在咖啡店里看不见什么，玻璃窗给木板遮了大半，外面是防空壕，机关枪弹一排一排地在附近飞过，许多人连忙伏在地上。我不能够忍受这种紧张的空气，便翻开手里的书，为的是不要想任何的事情，却以一颗安静的心来接受死。这时我的确没有想什么。我不愿意死，但是如果枪弹飞进来，炸弹在前面爆炸，我也只好死去。我没有愤怒；愤怒和憎恨倒是在敌机去了以后，我看见炸死同胞的惨状和炸伤的同胞

的痛苦而起的。我若不能逃脱，则死也无憾，因为我的尸体也会同样地激起别人的愤怒和憎恨。

敌机去了以后，我们自然继续工作。两个刊物①的出版期又近了。稿子编好留在印刷局，有的校样送来就得赶快校好送回印局；有的久未排好就应当打电话或者派人去催索校样。刊物印出送到便是八九千册。我们应该把它们的大半数寄到各地去。于是大家忙着做打包的工作，连一个朋友的九岁孩子也要来帮一点小忙。此外，我们还答应汉口一个书店的要求，把大批的书寄到那边，希望在武汉大会战之前从那里再散布到内地去。这类事情都得在夜间空闲的时候做。大家挥着汗忙碌工作，一直到十一点钟，才从办事处出来。我们多做好一件事情觉得心情畅快，于是兴高采烈地往咖啡店或茶室去坐一个钟点，然后回家睡觉，等待第二天的炸弹来粉碎我们的肉体。

在这样的夜里我有的是无梦的睡眠。人仿佛成了钟表一类的东西。发条开满就走，走完便停。我们好像变成了制造刊物和小书的机器。每天在办事处忙的是这种事情。机器还未损坏，当然要转动。机器一旦被毁，则我也无责任了。我有时就拿这种思想安慰自己。

但是刊物终于由旬刊，变成了无定期刊。印刷局不肯继续排印，以加价要挟，连已经打好纸型的一期也印了十

---

① 两个刊物：指靳以编的《文丛》半月刊和我编的《烽火》旬刊——作者注。

多天才出版；至于五月中旬交到一家印局的小书，则因为那个印局的关门，一直到八月一日才找回原稿。这其间我去过两个地方。这是六月六日以后我第三次回到广州了。我再见不到六月六日、十三日和二十二日所见的那些景象。六月十三日我走过几条街就没有看见一个人影，几乎连一个小饭店也找不到。我现在看见的依然是热闹的街市和扰攘的人群。有几处炸毁的房屋已经被朴素的新屋代替了。炸断的老树上生出了新芽。这个城市的确是炸不死的。它给了我不少的勇气。这个城市便是对我们保证我们抗战的最后胜利的一个信物。我能够在这里做我的工作，我太满意了……

八月十六日在广州

只有抗战这一条路①

　　卢沟桥的炮声应该把那般所谓和平主义者的迷梦打破了。这次的事变显然又是"皇军"的预定的计划。他们的目标我们不会不知道。倘使一纸协定、几个条件就可以满足他们的野心，那么我们和这强邻早已相安无事了。哪里还有今天的"膺惩"？我们和日本的交涉也不是从今天才开始的。难道我们还不明白那一套旧把戏？从前我们打起维持东亚和平的空招牌处处低头让步，结果东亚的和平依旧受威胁，而我们自己连生存的机会也快被剥夺光了。我们每次的让步只助长了敌人的贪心，使自己更逼近灭亡。现在已经到了最后的关头，我们只有一条路可走了。这就是"抗战"！"屈服"（或者说得漂亮点，"和平"）不是一条路，那只是一个坑，它会把我们活埋了的。

　　在日本，人们把我们看作苟安怕事的民族。让我们的"抗战"的呼声高高地喊起来！要全日本国民都听得见我

---

① 本篇最初发表于一九三七年八月五日《中流》半月刊第二卷第七号。

们的呐喊！我们要用四万万五千万人的声音答复在那边人们对我们的侮蔑。

我是一个安那其主义者。有人说安那其主义者反对战争，反对武力。这不一定对。倘使这战争是为反抗强权、反抗侵略而起，倘使这武力得着民众的拥护而且保卫着民众的利益，则安那其主义者也参加这战争，而拥护这武力。要是这武力不背叛民众，安那其主义者是不会对它攻击的。

所以我认为我们目前只有"抗战"这一条路可走！

一九三七年七月二十日

做一个战士

　　一个年轻的朋友写信问我："应该做一个什么样的人?"我回答他："做一个战士。"

　　另一个朋友问我："怎样对付生活?"我仍旧答道："做一个战士。"

　　《战士颂》的作者①曾经写过这样的话：

　　　　我激荡在这绵绵不息，滂沱四方的生命洪流中，我就应该追逐这洪流，而且追过它，自己去造更广、更深的洪流。

　　　　我如果是一盏灯，这灯的用处便是照彻那多量的黑暗。我如果是海潮，便要鼓起波涛去洗涤海边一切陈腐的积物。

　　这一段话很恰当地写出了战士的心情。

---

　　① 指陈范予。

在这个时代，战士是最需要的。但是这样的战士并不一定要持枪上战场。他的武器也不一定是枪弹。他的武器还可以是知识、信仰和坚强的意志。他并不一定要流仇敌的血，却能更有把握地致敌人的死命。

战士是永远追求光明的。他并不躺在晴空下享受阳光，却在暗夜里燃起火炬，给人们照亮道路，使他们走向黎明。驱散黑暗，这是战士的任务。他不躲避黑暗，却要面对黑暗，跟躲藏在阴影里的魑魅魍魉搏斗。他要消灭它们而取得光明。战士是不知道妥协的。他得不到光明便不会停止战斗。

战士是永远年轻的。他不犹豫，不休息。他深入人丛中，找寻苍蝇、毒蚊等等危害人类的东西。他不断地攻击它们，不肯与它们共同生存在一个天空下面。对于战士，生活就是不停地战斗。他不是取得光明而生存，便是带着满身伤痕而死去。在战斗中力量只有增长，信仰只有加强。在战斗中给战士指路的是"未来"，"未来"给人以希望和鼓舞。战士永远不会失去青春的活力。

战士是不知道灰心与绝望的。他甚至在失败的废墟上，还要堆起破碎的砖石重建九级宝塔。任何打击都不能击破战士的意志。只有在死的时候他才闭上眼睛。

战士是不知道畏缩的。他的脚步很坚定。他看定目标，便一直向前走去。他不怕被绊脚石摔倒，没有一种障碍能使他改变心思。假象绝不能迷住战士的眼睛，支配战士行动的是信仰。他能够忍受一切艰难、痛苦，而达到他所选定的目标。除非他死，人不能使他放弃工作。

这便是我们现在需要的战士。这样的战士并不一定具有超人的能力。他是一个平凡的人。每个人都可以做战士，只要他有决心。所以我用"做一个战士"的话来激励那些在彷徨、苦闷中的年轻朋友。

一九三八年七月十六日在上海

第三辑 寻梦

寻 梦

我失去一个梦，半夜里我披衣起来四处找寻。

天昏昏，道路泥泞，我不知道应该走向什么地方。

前面是茫茫一片白雾，无边无际，我看不见路，也找不到脚迹。

后面也是茫茫一片白雾，雪似的埋葬了一切，我见不到一个人影。

没有路。那么，梦会逃到什么地方去？

我仍然往前面走。我小心下着脚步，我担心会失脚跌进沟里。

我走到一家小店门前。柜台上一盏油灯，后面坐着一个白发老人。我向他打个招呼，问他是否见到我遗失的东西。

"你找寻什么，年轻人？"

"我找寻一个梦。"

"梦？我这里多得很，"老人咧嘴笑起来，"我这里有的是梦，却不知道你要的是哪一种？"

"我失去的是一个能飞的梦。"

"我不知梦能飞不能飞，不过你看它们五颜六色，光彩夺目。你可以从里面挑选任何一个，并不要付多大的代价。"他给我打开了橱窗。

无数的梦商品似的摆在那里。的确是各种各样的梦：有的样子威严，有的颜色艳丽，有的笑得叫人心醉，有的形状凄惨使人同情。这里面却没有一个能飞的梦。

我失望地摇头，我找不到我失去的东西。

"随便挑一个拿去吧，难道里面就没有一个你中意的？"老人殷勤地问。

"没有。我只找寻我失去的那一个。别的我全不要！"

"但是茫茫天地间，你往哪里去找寻你那个梦？年轻人，我应该给你一个忠告，失去的梦是找不回来的。"

"我一定要找！从我身边失去的东西，我一定要找回来！"

"傻瓜，为什么这样固执？"老人哂笑道，"多少人追寻过失去的梦，你可曾见到什么人把梦追了回来？听我的话，转回去好好地睡觉。"

我却继续往前走。

雾渐渐变得稀薄，我看见江水横在我的面前。

我踌躇起来，没有舟楫，我怎么能达到彼岸？

忽然一只小木船靠近岸边，一个十七八岁的少年撑着篙竿高呼"过渡"。

我立刻跳到船中，连声催促船夫火速前进。

"老先生，为什么这样着急？半夜里还有什么要紧事情？"

这个少年怎么称我作"老先生"？刚才在小店里，我还被唤作"年轻人"，难道在这么短的时间里我会增加了许多年纪？

我没有工夫同他争论，我只问他："喂，你有没有见到我那个失去的梦，那个能飞的梦？"

少年不在意地回答："我在这里见到的梦太多了，不知道哪一个是你的？若说能飞，它们都是从这江上飞过去的，没有一个梦会半路落在江里。"

"我那个梦特别亮，比什么都亮。"

"除了星星，我没有见到更亮的东西。那么你的梦并没有飞过这里，因为我见到的全是无光的影子。"

"你能不能告诉我它飞往什么地方？"

"我不能。不过我知道它一定不在对岸，我劝你不要过去。"

"我一定要过去。请你把我快送过去，我愿出任何的代价。"

少年把我送到了对岸。

没有雾。天落着小雨。我走的全是滑脚的泥路。我好几次跌倒在途中，又默默地爬起来，揉着伤，然后更小心地前进。

一座高山立在我面前。没有土，没有树，这是一座不可攀登的石山。

"难道我应该空手转身回去?"我迟疑起来。

"不能,不能!"我听见了自己的心声。

"年轻人不能走回头路。"我的心这样说。

我鼓起勇气攀登岩石,一个继续一个,直到我两手出血,两脚肿痛,两腿发软,我还在往上爬行。

我几次失掉勇气,又恢复决心;几次停止,又继续上升;几次几乎跌落,又连忙抓紧岩石的边沿。最后我像一个病人,一个乞丐,拖着疲倦的身子和破烂的衣服立在山顶。我仍然看不到我那个失去的梦。

上面是一望无垠的青天,下面是一片云海、雾海。在这么大的空间里只有一只苍鹰在我的头顶上盘旋。

我的眼光跟着鹰翼在空中打转。我羡慕它能够那么自由自在地在无边的天海里上下飞翔。它一会儿飞得高高的,变成了一个黑点,一会儿又突然凌空下降,飞得那么低,两只翅膀正掠过我的头。我看见它那只锋利的尖嘴张开,发出一声嘲笑似的长啸。

它一定在笑我立在山顶束手无策,也许就是它攫去了我的梦。所以它第二次掠过我的头上,我愤然伸出手去捉它的脚爪。我捉住了鹰,但是一个筋斗把我从山顶跌下去了……

我睁开眼,我还是在自己的家里。原来我又失去了一个梦。

一九四一年十一月在桂林

死

我记得在什么地方见过这样的一句话：

"死是永生的门。"

为着了解它的意义，我思索了许久。

有一天我们在成都一个友人家中谈到你，你的死讯突然来了。

这消息是无可疑惑的。半个多月前还有朋友来信报告医生们对你的病下的诊断。那位朋友说，这个冬天便是你跟肺病挣扎的最后关头，结果不是你永闭眼睛，就是病永久消灭。

我们希望你战胜病，但是死捉住了你。

信静静地躺在桌上。我们痛苦地埋下头，怕看彼此脸上的痉挛。

死在我们的眼前慢慢地走过去。

"一个懂得生活的人死了。"友人叹息地说了一句。

"他不愿意死，他不应该死，然而偏偏是他先死去。"我制止不了我的悲痛的声音。

在成都，在重庆，在昆明，在任何地方，我都看到你的文章，你的充满活力、散布生命的文章，你鼓舞人勇敢地去体验生活，坚决地去征服生命。你赞美"生之欢乐"，你歌颂斗争的美丽。

一直到最后的日子，你没有停过你那管撒播生命种子的笔，你蘸着生命的露水写字，你蘸着自己的赤热的血写字。有人说你是"生命的象征"。

"生命的象征"会在我们的眼前消灭么？

我不相信你会死。便是在今天我们还想，你没有离开这个世界，你不过在远方活着，你在做什么事情，或者你在埋头写什么东西。

今天离你去世的日子将近半年了。在这半年中我们一直在谈论你，我和许多朋友都在谈论你，像一个大家敬爱的活人，不像一个死去的影子。你始终活在我们中间，而且你将永远活在我们中间。

我们读着你写的文章，我们谈论你做过的事情，我们重复着你说过的话，一直到我们离开这个世界。以后又有一代的人来读你的文章。谈论你的为人，遵行你的教训。

的确你始终活在我们中间，而且永远活在我们中间。这"我们"的意义一天比一天地在扩大。

你何曾死去？这不就是永生的开端么？

"死是永生的门。"我现在明白这句话的意义了。

一九四一年八月四日

生

死是谜。有人把生也看作一个谜。

许多人希望知道生，更甚于愿意知道死。而我则不然。我常常想了解死，却没有一次对于生起过疑惑。

世间有不少的人喜欢拿"生是什么""为什么生"的问题折磨自己，结果总是得不到解答而悒郁地死去。

真正知道生的人大概是有的；虽然有，也不会多。人不了解生，但是人依旧活着。而且有不少的人贪恋生，甚至做着永生的大梦：有的乞灵于仙药与术士，有的求助于宗教与迷信；或则希望白日羽化，或则祷祝上登天堂。在活着的时候为非作歹，或者茹苦含辛以积来世之福——这样的人也是常有的。

每个人都努力在建造"长生塔"，塔的样式自然不同，有大有小，有的有形，有的无形。有人想为子孙树立万世不灭的基业，有人愿去理想的天堂中做一位自由的神仙。然而不到多久这一切都变成过去的陈迹而做了后人凭吊唏嘘的资料了。没有一座沙上建筑的楼阁是能够稳立的。这是一个很好的教训。

一百四十几年前法国大革命中的启蒙学者让·龚多塞不顾死刑的威胁，躲在巴黎卢森堡附近的一间顶楼上忙碌地写他的最后的著作，这是历史和科学的著作。据他说历史和科学就是反对死的斗争。他的书也是为征服死而著述的。所以在写下最后两句话以后，他便离开了隐匿的地方。他那两句遗言是："科学要征服死，那么以后就不会再有人死了。"

他不梦想天堂，也不寻求个人的永生。他要用科学征服死，为人类带来长生的幸福。这样，他虽然吞下毒药，永离此世，他却比谁都更了解生了。

科学会征服死，这并不是梦想。龚多塞企图建造一座为大众享用的长生塔，他用的并不是平民的血肉，像我的童话里所描写的那样，他却用了科学。他没有成功。可是他给那座塔奠了基石。

这座塔到现在还只有那么几块零落的基石，不要想看见它的轮廓！没有人能够有把握地说定在什么时候会看见它的完成。但有一件事实则是十分确定的：有人在孜孜不倦地努力于这座高塔的建造。这些人是科学家。

生物是必死的。从没有人怀疑过这天经地义般的话。但是如今却有少数生物学者出来企图证明单细胞动物可以长生不死了。德国的怀司曼甚至宣言："死亡并不是永远和生物相关联的。"因为单细胞动物在养料充足的适宜的环境里便能够继续营养和生存。它的身体长大到某一定程度无可再长的时候，便分裂为二，成了两个子体。它们又自己营养、生长，后来又能自己分裂以繁殖其族系，只要不受空间和营养的限制，它们可以永远继续繁殖，长生不死。在这样的情形下面当然没有死亡。

拿草履虫为例，两个生物学者美国的吴特拉夫和俄国的梅塔尼科夫对于草履虫的精密的研究给我们证明：从前人以为分裂两百次便现出衰老状态而逼近死亡的草履虫，如今却可以分裂到一万三千次以上，就是说它能够活二十几年。这已经比它的正常的寿命多过七十倍了。有些人因此断定说这些草履虫经过这么多代不死，便不会死了。但这也只是一个假定。不过生命的延长却是无可否认的。

关于高等动物，也有学者作了研究。现在鸡的、别的一些动物的，甚至人的组织（tissue）已经可以用人工培养了。这证明：多细胞动物体的细胞可以离开个体，而在适当的环境里生活下去，也许可以做到长生不死的地步。这研究的结果离真正的长生术还远得很，但是可以说朝这个方向前进了一步。在最近的将来，延长寿命这一层，大概是可以办到的。科学家居然在显微镜下的小小天地中看出了解决人间大问题——生之谜的一把钥匙。过去无数的人在冥想里把光阴白白地浪费了。

我并不是生物学者，不过偶尔从一位研究生物学的朋友那里学得一点点那方面的常识。但这只是零碎地学来的，而且我时学时忘。所以我不能详征博引。然而单是这一点点零碎的知识已经使我相信龚多塞的遗言不是一句空话了。他的企图并不是梦想。将来有一天科学真正会把死征服。那时对于我们，生就不再是谜了。

然而我们这一代（恐怕还有以后的几代）和我们的祖先一样，是没有这种幸运的。我们带着新的力量来到世间，我们又会发挥尽力量而归于尘土。这个世界映在一个婴孩的眼里是五光十色，一切全是陌生。我们慢慢地活下去。我们举起一杯一杯的生之酒尽情地饮下。酸的，甜的，苦的，辣的我们全尝到了。新奇的变为平常，陌生的成为熟悉。但宇宙是这么广大，世界是这么复杂，一个人看不见、享不到的是太多了。我们仿佛走一条无尽长的路程，游一所无穷大的园林，对于我们就永无止境。"死"只是一个障碍，或者是疲乏时的休息。有勇气、有精力的人是不需要休息的，尤其在胜景当前的时候。所以人应该憎恨"死"，不愿意跟"死"接近。贪恋"生"并不是一个罪过。每个生物都有生的欲望。蚱蜢饥饿时甚至吃掉自己的腿以维持生存。这种愚蠢的举动是无可非笑的，因为这里有的是严肃。

俄罗斯民粹派革命家妃格念尔"感激以金色光芒洗浴田野的太阳，感激夜间照耀在花园天空的明星"，但是她终于让沙皇专制政府将她在席吕塞堡中活埋了二十年。为了革命思想而被烧死在美国电椅上的鞋匠萨珂还告诉他的六岁女儿："夏天我们都在家里，我坐在橡树的浓荫下，你坐在我的膝上；我教你读书写字，或者看你在绿的田野上跳荡，欢笑，唱歌，摘取树上的花朵，从这一株树跑到那一株，从清朗、活泼的溪流跑到你母亲的怀里。我梦想我们一家人能够过这样的幸福生活，我也希望一切贫苦人家的小孩能够快乐地同他们的父母过这种生活。"

　　"生"的确是美丽的，乐"生"是人的本分。前面那些杀身成仁的志士勇敢地戴上荆棘的王冠，将生命视作敝屣，他们并非对于生已感到厌倦；相反的，他们倒是乐生的人。所以奈司拉莫夫①坦白地说："我不愿意死。"但是当他被问到为什么去舍身就义时，他却昂然回答："多半是因为我爱'生'过于热烈，所以我不忍让别人将它摧残。"他们是为了保持"生"的美丽，维持多数人的生存，而毅然献出自己的生命的。这样深的爱！甚至那躯壳化为泥土，这爱也还笼罩世间，跟着太阳和明星永久闪耀。这是"生"的美丽之最高的体现。

　　"长生塔"虽未建成，长生术虽未发现，但这些视死如归但求速朽的人却也能长存在后代子孙的心里。这就是不朽。这就是永生。而那含垢忍耻积来世福或者梦想死后天堂的"芸芸众生"却早已被人忘记，连埋骨之所也无人知道了。

---

　　①　中篇小说《朝影》中的一个人物。

我常将生比之于水流。这股水流从生命的源头流下来，永远在动荡，在创造它的道路，通过乱山碎石中间，以达到那唯一的生命之海。没有东西可以阻止它。在它的途中它还射出种种的水花，这就是我们生活里的爱和恨，欢乐和痛苦，这些都跟着那水流不停地向大海流去。我们每个人从小到老，到死，都朝着一个方向走，这是生之目标，不管我们会不会走到，或者我们会在中途走入了迷径，看错了方向。

　　生之目标就是丰富的、满溢的生命。正如青年早逝的法国哲学家居友所说："生命的一个条件就是消费……个人的生命应该为他人放散，在必要的时候还应该为他人牺牲……这牺牲就是真实生命的第一个条件。"我相信居友的话。我们每个人都有着更多的同情，更多的爱慕，更多的欢乐，更多的眼泪，比我们维持自己的生存所需要的多得多。所以我们必须把它们分散给别人，否则我们就会感到内部的干枯。居友接着说："我们的天性要我们这样做，就像植物不得不开花似的，纵然开花以后便会继之以死亡，它仍旧不得不开花。"

　　从在一滴水的小世界中怡然自得的草履虫到在地球上飞腾活跃的"芸芸众生"，没有一个生物是不乐生的，而且这中间有一个法则支配着，这就是生的法则。社会的进化，民族的盛衰，人类的繁荣都是依据这个法则而行的。这个法则是"互助"，是"团结"。人类靠了这个才能够不为大自然的力量所摧毁，反而把它征服，才建立了今日的文明；一个民族靠了这个才能够抵抗其他民族的侵略而维持自己的生存。

维持生存的权利是每个生物、每个人、每个民族都有的。这正是顺着生之法则。侵略则是违反了生的法则的。所以我们说抗战是今日的中华民族的神圣的权利和义务，没有人可以否认。

这次的战争乃是一个民族维持生存的战争。民族的生存里包含着个人的生存，犹如人类的生存里包含着民族的生存一样。人类不会灭亡，民族也可以活得很久，个人的生命则是十分短促。所以每个人应该遵守生的法则，把个人的命运联系在民族的命运上，将个人的生存放在群体的生存里。群体绵延不绝，能够继续到永久，则个人亦何尝不可以说是永生。

在科学还未能把"死"完全征服、真正的长生塔还未建立起来以前，这倒是唯一可靠的长生术了。

我觉得生并不是一个谜，至少不是一个难解的谜。

我爱生，所以我愿像一个狂信者那样投身到生命的海里去。

一九三七年八月在上海

谈我的散文

　　有人要我告诉他小说与散文的特点。也有人希望我能够说明散文究竟是什么东西。我不能满足他们的要求，因为我实在讲不出来。我并非故意在这里说假话，也不是过分谦虚。三十年来我一共出版了二十本散文集。我的第一本散文集《海行杂记》① 还是在我写第一部小说之前写成的。最近我仍然在写类似散文的东西。怎么我会讲不出"散文"的特点呢？其实说出来，理由也很简单：我写文章，因为有话要说。我向杂志投稿，也从没有一位编辑先考问我一遍，看我是否懂得文学。我说这一段话，并非跑野马，开玩笑。我只想说明一件事情：一个人必须先有话要说，才想到写文章；一个人要对人说话，他一定想把话说得动听，说得好，让人家相信他。每个人说话都有自己的方法和声调，写出来的文章也不会完全一样。人是活的，

---

　　① 作者注：我后来还写过不少这一类的旅行记。这种平铺直叙、毫无修饰的文章并非可以传世的佳作，但是它们保存了某个时间、某些地方或者某些人中间的一点点真实生活。倘使有人拿它们当"资料"看，也许不会上大当。

所以文章的形式或者体裁并不能够限制活人。我写文章的时候，并没有事先想到我这篇文章应当有什么样的特点，我想的只是我要在文章里说些什么话，而且怎样把那些话说得明白。

我刚才说过我出版了二十本散文集。其实这二十本都是薄薄的小书，而且里面什么文章都有。有特写，有随笔，有游记，有书信，有感想，有回忆，有通讯报道……总之，只要不是诗歌，又没有完整的故事，也不曾写出什么人物，更不是专门发议论讲道理，却又不太枯燥，而且还有一点点感情，像这样的文章我都叫作"散文"。也许有人认为这样叫法似乎把散文的范围搞得太大了。其实我倒觉得把它缩小了。照欧洲人的说法，除了韵文就是散文，连长篇小说也包括在内。我前不久买到一部德国作家霍普特曼的四卷本《散文集》，里面收的全是长短篇小说。而且拿我个人的经验来说，有时候也不大容易给一篇文章戴上合式的帽子，派定它为"小说"或者"散文"。例如我的《短篇小说选集》里面有一篇《废园外》，不过一千两三百字。写作者走过一个废园，想起几天前敌机轰炸昆明、炸死园内一个深闺少女的事情。我写完它的时候，我把它当作"散文"。后来我却把它收在《短篇小说选集》里，我还在《序》上说："拿情调来说，它接近短篇小说了。"（其实怎样"接近"，我自己也说不出来。不过我也读过好些篇欧美或者日本作家写的这一类没有故事的短篇小说。日本森鸥外

的《沉默之塔》〔鲁迅译〕就比《废园外》更不像小说。）但是我后来编辑《文集》，又把《废园外》放进《散文集》里面。又如我一九五二年从朝鲜回来写了一篇叫做《坚强战士》的文章。我写的是"真人真事"，可是我把它当作小说发表了。后来《志愿军英雄传》编辑部的一位同志把这篇文章拿去找获得"坚强战士"称号的张渭良同志仔细研究了一番。张渭良同志提了一些意见。我根据他的意见把我那篇文章改得更符合事实。文章后来收在《志愿军英雄传》内，徐迟同志去年编《特写选》又把它选进去了。小说变成了特写。固然称《坚强战士》为"特写"也很适当，但是我如果仍然叫它做"短篇小说"，也不能说是错误。苏联作家波列伏依的好多"特写"就可以称为短篇小说。还有，我的短篇小说《我的眼泪》，要是把它编进《散文集》，也许更恰当，因为它更像散文。

我这些话无非说明文章的体裁和形式都是次要的东西。主要的还是内容。有人认为必须先弄清楚了"散文"的特点才可以动笔写"散文"。我就不同意这种说法。我从前在私塾里念书的时候，我的确学过作文。老师出题目要我写文章。我或者想了一天写不出来，或者写出来不大通顺，老师就叫我到他面前，告诉我文章应当怎样写，第一段写什么，第二段写什么……最后又怎样结束。我当时并不明白，过了几年倒恍然大悟了。老师是在教我在题目上做文章。说来说去无非在题目的上下前后打转。这就叫做"作文"。那些时候不是我要写文章，是老师要我写，不写或者写不出就要挨骂甚至要给老师打手心。当时我的确写过不少这样的文章，里面一半是"什么论""什么说"，如《颖考叔纯孝论》《师说》之类；另一半就是今天所谓的"散文"，如《郊游》《儿时回忆》《读书乐》等等。就拿《读书乐》来说罢，我那时背诵古书很感痛苦。老实说，即使背得烂熟，我也讲不清楚那些辞句的意义。我怎么写得出"读书的乐趣"呢？但是作文不交卷，我就走不出书房，要是惹得老师不高兴，说不定还要挨几下板子。我只好照老师的意思写，先说人需要读书，又说读书的乐趣，再讲春、夏、秋、冬四时读书之乐。最后来一个短短的结束。我总算把《读书乐》交卷了。老师在文章旁边打了好几个圈，最后又批了八个字："水静沙明，一清到底。"我还记得文章中有"围炉可以御寒，《汉书》可以下酒"的话，这是写冬天读书的乐趣。老师又给我加上两句"不必红袖添香……"等等。其实一个十二三岁的少年，看见酒就害怕，哪里有读《汉书》下酒的雅兴？更不懂什么叫"红袖添香"了。文章里的句子不是从别处抄来，就是引用典故拼凑成的，跟"书"的内容并无多大关系。这真是为作文而作文，越写越糊涂了。不久我无意间得到一卷《说岳传》的残文，看到"何元庆大骂张用"一句，就接着看下去，居然全懂，因为书是用口语写的。我看完这本破书，就到处求人借《说岳传》全本来看，看到不想吃饭睡觉，这才懂得所谓"读书乐"。但这种情况跟我在《读书乐》中所写的却又是两样了。

我不仅学过怎样写"散文"，而且我从小就读过不少的"散文"。我刚才还说过老师告诉我文章应当怎样写，如何从第一段讲到结束。其实这样的事情是很少有的。这是在老师特别高兴、有极大的耐心开导学生的时候。老师平日讲得少，而且讲得简单。他唯一的办法是叫学生多读书，多背书。我背得较熟的几部书中间有一部《古文观止》。这是两百多篇散文的选集：从周代到明代，有"传"，有"记"，有"序"，有"书"，有"表"，有"铭"，有"赋"，有"论"，还有"祭文"。里面有一部分我背得出却讲不清楚；有一部分我不但懂而且喜欢，像《桃花源记》《祭十二郎文》《赤壁赋》《报刘一丈书》等等。读多了，读熟了，常常可以顺口背出来，也就能慢慢地体会到它们的好处，也就能慢慢地摸到文章的调子。但在当时也只能说是似懂非懂。可是我有两百多篇文章储蓄在脑子里面了。虽然我对其中任何一篇都没有好好地研究过，但是这么多的具体的东西至少可以使我明白所谓"文章"究竟是怎么一回事，可以使我明白文章并非神秘不可思议，它也是有条有理，顺着我们的思路连下来的。这就是说，它不是颠三倒四的胡说，不像我们常常念着玩的颠倒诗："一出门来脚咬狗，捡个狗来打石头……"这样一来，我就觉得写文章比从前容易些了，只要我的确有话说。

倘使我连先生出的题目都不懂，或者我实在无话可说，那又当别论。还有一点，我不说大家也想得到：我写的那些作文全是坏文章，因为老师爱出大题目，而我又只懂得那么一点点东西，连知识也说不上，哪里还有资格谈古论今！后来弄得老师也没有办法，只好批"清顺"二字敷衍了事。

但是我仍然得感谢我那两位强迫我硬背《古文观止》的私塾老师。这两百多篇"古文"可以说是我真正的启蒙先生。我后来写了二十本散文，跟这个"启蒙先生"很有关系。自然我后来还读过别的文章，可是并没有机会把它们一一背熟，记在心里了。不过读得多，即使记不住，也有好处。我们有很好的"散文"的传统，好的散文岂止两百篇！十倍百倍也不止！

"五四"以后，从鲁迅先生起又接连出现了不少写新的散文的能手，像朱自清先生、叶圣陶先生、夏丏尊先生，我都受过他们的影响。任何一篇好文章都是容易上口的。哪怕你没有时间读熟，凡是能打动人心的地方，就容易让人记住。我并没有想到要记住它们，它们自己会时时到我的脑子里来游历。有时它们还会帮助我联想到别的事情。我常常说，多读别人的文章，自己的脑子就痒了，自己的手也痒了。读作品常常给我启发。譬如我前面提过的那篇日本作家森鸥外的小说《沉默之塔》，我正是读了它才忽然想起写《长生塔》（童话）的。然而《长生塔》跟《沉默之塔》中间的关系就只有一个"塔"字。我一九三四年十二月在日本横滨写这篇童话骂蒋介石，而森鸥外却把他那篇反对文化压迫的"议论"小说当作一九一一年版尼采著作（《查拉图斯特拉》）日文译本的代序。我有好些篇散文和小说都是读了别人的文章受到"启发"以后才拿起笔写的。我在前面说的"影响"就是指这个。前辈们的长处我学得很少。例如我读过的韩（愈）、柳（宗元）、欧（欧阳修）、苏（东坡）的古文，或者鲁迅、朱自清、夏丏尊、叶圣陶诸先生的散文，都有一个极显著的特点：文字精练，不拖沓，不啰嗦，没有多余的字。而我的文章却像一个多嘴的年轻人，一开口就不肯停，一定要把什么都讲出来才痛快。我从前写文章是这样，现在还是如此。其实我自己是喜欢短文章的。我常常想把文章写得短些，更短些。我觉得越短越好，越有力。然而拿起笔我就无法控制自己。可见我还不能够驾驭文字，可见我还不知道节制。这是我的毛病。

自然我也写过一些短的东西，像收在一九四一年出版的《龙·虎·狗》里面的一部分散文。其中如《日》《月》《星》三篇不过两百多字、三百多字和四百多字。但它们也只是一时的感想而已。这几百字中仍然有多余的字，更谈不到精练。而且像这样短的散文我也写得并不多。

我自己刚才说过，教我写"散文"的"启蒙老师"是中国的作品。但是我并没有学到中国散文的特点，可能有人在我的文章里嗅不出多少中国的味道。然而我说句老实话，外国的"散文"不论是 essay（散文）或者 sketch（随笔），我都读得很少。在成都学英文，念过半本美国作家华盛顿·欧文的《随笔集》，后来隔了好多年才读到英国作家吉星的《四季随笔》和日本作家厨川白村的 essay 等等，也不过数得出的几本。这些都是长篇大论的东西，而且都是从从容容地在明窗净几的条件下写出来的，对于只要面前有一尺见方的木板就可以执笔的我不会有多大的影响。倘使有人因为我的散文不中不西，一定要找外国的影响，那么我想提醒他：我读过很多欧美的小说和革命家的自传，我从它们那里学到一些遣词造句的方法。我十几岁的时候没有机会学中文的修辞学，却念过大半本英文修辞学，也学到一点点东西，例如散文里不应有押韵的句子，我一直在注意。有一个时期我的文字欧化得厉害，我翻译过几本外国书，没有把外国文变成很好的中国话，倒学会了用中国字写外国文。幸好我有个不断地修改自己文章的习惯，我的文章才会有进步。最近我编辑自己的《文集》，我还在过去的作品中找到不少欧化的句子。我自然要把它们修改或者删去。但是有几个欧化的小说题目（例如《爱的摧残》《爱的十字架》等）却没法改动，就只好让它们留下来了。我过去做翻译工作多少吃了一点"死抠字眼"的亏，有时明知不对，想译得活一点，又害怕有人查对字典来纠正错误，为了偷懒、省事起见，只好完全照外国人遣词造句的方法使用中国文。在翻译上用惯了，自然会影响

— 64 —

写作。这就是我的另一个毛病的由来了。

我的两篇关于中国人民志愿军的小说和几篇在朝鲜写的通讯报道，译为英文印成小书以后，有位英国读者来信说，这种热情的文章英国人不喜欢。还有人反映英国读者不习惯第一人称的文章，说是讲"我"讲得太多。这种说法也打中了我的要害。第一，我的文字毫无含蓄，很少有一句话里包含许多意思，让读者茶余饭后仔细思索、慢慢回味。第二，我喜欢用作者讲话的口气写文章，不论是散文或者短篇小说，里面常常有一个"我"字。虽然我还没有学到托尔斯泰代替马写文章，也没有学到契诃夫和夏目漱石代替狗和猫写文章，我的作品中的"我"总是一个"人"（只有一回"我"是一个"鬼"）。但是这个"我"并不就是作者自己，小说里面的"我"，有时甚至是作者憎恶的人，例如《奴隶的心》里面的"我"。而且我还可以说，这些文章里并没有"自我吹嘘"或者"自我扩张"的臭味。我只是通过"我"写别人，写别人的事情。其实用第一人称写的小说世界上岂止千千万万！每个作家有他自己的嗜好。我喜欢第一人称的文章，因为写起来、读起来都觉得亲切。自然也有人不喜欢这种文章，也有些作家一辈子不让"我"在他的作品中出现。但是我仍然要说，我也并非"生而知之"的，连用"我"的口气写文章也有"老师"。我在这方面的"启蒙老师"是两本小说，而这两本小说偏偏是两位英国小说家写的。① 这两部书便是狄更斯的《大卫·科柏菲尔》和司蒂芬孙的《宝岛》。我十几岁学英文的时候念熟了它们，而且《宝岛》这本书还是一个英国教员教我念完的。那个时候我特别喜欢这两本小说。《大卫·科柏菲尔》从"我"的出生写起，写了这个主人公几十年的生活，但是更多地写了那几十年中间英国的社会和各种各样的人。《宝岛》是一部所谓的冒险小说，它从"我"在父亲开的客栈里碰见"船长"讲起，一直讲到主人公经历了种种奇奇怪怪的事情，取得宝藏回来为止，书中有文有武，有"一只脚"，有"独眼"，非常热闹。它们不像有些作品开头就是大段的写景，然后才慢慢地介绍出一两个人物。教读者念了十几页还不容易进到书中去。它们却像熟人一样，一开头就把读者带进书中，以后越入越深，教人放不下书。所以它们对于十几岁的年轻人会有那样大的影响。我并不是在这里推荐那两部作品，我只是分析我的文章的各种成分，说明我的文章的各种来源。

我在前面刚刚说过我的文章里面的"我"不一定就是作者自己。然而绝大部分散文里面的"我"却是作者自己，不过这个"我"并不专讲自己的事情。另外一些散文里面的"我"就不是作者自己，写的事情也全是虚构的了。但是我自己有一种看法：我的任何一篇散文里面都有

---

① 作者注：那几位英国读者可能忘记了他们的祖先，但是我没法说狄更斯和司蒂芬孙不是英国人。其实用第一人称写小说的英国作家并不少。

我自己。这个"我"是不出场的，然而他无处不在。这不是说我如何了不起。绝不！这只是说明作者在文章里面诚恳地、负责地对读者讲话，讲作者自己要说的话。我并不是拿起笔就可以写出文章，也不是只要编辑同志来信索稿，我的文思马上潮涌而来。我必须有话要说，有感情要吐露，才能够顺利地下笔。我有时给逼得没办法，坐在书桌前苦思半天，写了又涂、涂了又写，终于留不下一句。《死魂灵》的作者果戈理曾经劝人"每天坐在书桌前写两个钟头"。他说，要是写不出来，你就拿起笔不断地写："我今天什么也写不出来。"但是他在写《死魂灵》的时候，有一次在旅行中，走进一个酒馆，他忽然想写文章，叫人搬来一张小桌子，就坐在角落里，一口气写完了整整一章小说，连座位也没有离过。其实我也有过"一挥而就"的时候。我在二十几岁写文章写得快，写得多，也不留底稿；我拿起笔，文思就来，好像是文章在逼我，不是我在写文章一样。我并无才能，但是我有感情，有爱憎。我的文章里毛病多，但是我写得认真，也写得痛快……

我拉拉杂杂地讲了这许多，也到了结束的时候了。我不想有系统地仔细分析我的全部散文。我没有理由让它们耗费读者的宝贵时间。在这里我不过讲了我的一些缺点和我所走过的弯路。倘使它们能给今天的年轻读者一点点鼓舞和启发，我就十分满足了。我愿意看到数不尽的年轻作者用他们有力的笔写出反映今天伟大的现实的散文，我愿意读到数不尽的健康的、充满朝气的、不断地鼓舞读者前进的文章！

一九五八年四月

把心交给读者

——随想录十

前两天黄裳来访，问起我的《随想录》。他似乎担心我会中途搁笔。我把写好的两节给他看，我还说："我要继续写下去。我把它当作我的遗嘱写。"他听到"遗嘱"二字，觉得不大吉利，以为我有什么悲观思想或者什么古怪的打算，连忙带笑安慰我说："不会的，不会的。"看得出他有点感伤，我便向他解释：我还要争取写到八十，争取写出不是一本，而是几本《随想录》，我要把我的真实的思想，还有我心里的话，遗留给我的读者。我写了五十多年，我的确写过不少不好的书，但也写了一些值得一读或半读的作品吧，它们能够存在下去，应当感谢读者们的宽容。我回顾五十年来所走过的路，今天我对读者仍然充满感激之情。

可以说，我和读者已经有了五十多年的交情。倘使关于我的写作或者文学方面的事情，我有什么最后的话要讲，那就是对读者讲的。早讲迟讲都是一样，那么还是早讲吧。

我的第一篇小说（中篇或长篇小说《灭亡》）发表在一九二九年出版的《小说月报》上，从一月号起共连载四期。小说的单行本在这年年底出版。我什么时候开始接到读者来信？我现在答不出来。我记得一九三一年我写过短篇小说《光明》，描写一个青年作家经常接到读者来信，因无法解答读者的问题而感到苦恼。小说里有这样一段话：

"桌上那一堆信函默默地躺在那里，它们苦恼地望着他，每一封信都有一段悲痛的故事要告诉他。"

这难道不就是我自己的苦恼？那个年轻的小说家不就是我？

一九三五年八月我从日本回来，在上海为文化生活出版社编辑了几种丛书，这以后读者的来信又多起来了。这两三年中间我几乎对每一封信都作了答复。有几位读者一直同我保持联系，成为我的老友。我的爱人也是我的一位早期的读者。她读了我的小说对我发生了兴趣，我同她见面多了对她有了感情。我们认识好几年才结婚，一生不曾争吵过一次。我在一九三六、三七年中间写过不少答复读者的公开信，有一封信就是写给她的。这些信后来给编成了一本叫做《短简》的小书。

那个时候，我光身一个，生活简单，身体好，时间多，写得不少，也有足够的时间和精力回答读者寄来的每一封信。后来，特别是新中国成立以后，我的事情多起来，而且经常外出，只好委托萧珊代为处理读者的来信和来稿。

我虽然深感抱歉，但也无可奈何。

我说抱歉，也并非假意。我想起一件事情。那是在一九四〇年年尾，我从重庆到江安，在曹禺家住了一个星期左右。曹禺在戏剧专科学校教书。江安是一个安静的小城，外面有什么人来，住在哪里，一下子大家都知道了。我刚刚住了两天，就接到中学校一部分学生送来的信，请我去讲话。我写了一封回信寄去，说我不善于讲话，而且也不知道讲什么好，因此我不到学校去了。不过我感谢他们对我的信任，我会经常想到他们，青年是中国的希望，他们的期望就是对我的鞭策。我说，像我这样一位小说家算得了什么，如果我的作品不能给他们带来温暖，不能支持他们前进。我说，我没有资格做他们的老师，我却很愿意做他们的朋友，在他们面前我实在没有什么可以骄傲的地方。当他们在旧社会的荆棘丛中，泥泞路上步履艰难的时候，倘使我的作品能够做一根拐杖或一根竹竿给他们用来加一点力，那我就很满意了。信的原文我记不准确了，但大意是不会错的。

信送了出去。听说学生们把信张贴了出来。不到两三天，省里的督学下来视察，在那个学校里看到我的信，他说："什么'青年是中国的希望'！什么'你们的期望就是对我的鞭策'！什么'在你们面前我没有可以骄傲的地方'！这是瞎捧，是诱惑青年，把它给我撕掉！"信给撕掉了，不过也就到此为止，很可能他回到省城还打过小报告，但是并没有制造出大冤案。因此我活了下来，多写了二十多年的文章，当然已经扣除了徐某某禁止我写作的十年。①

话又说回来，我在信里表达的是我的真实的感情。我的确是把读者的期望当作对我的鞭策。如果不是想对我生活在其中的社会贡献一点力量，如果不是想对和我同时代的人表示一点友好的感情，如果不是想尽我作为一个中国人所应尽的一份责任，我为什么要写作？但愿望是一回事，认识又是一回事；实践是一回事，效果又是一回事。绝不能由我自己一个人说了算。离开了读者，我能够做什么呢？我怎么知道我做对了或者做错了呢？我的作品是不是和读者的期望符合呢？是不是对我们社会的进步有贡献呢？只有读者才有发言权。我自己也必须尊重他们的意见。倘使我的作品对读者起了毒害的作用，读者就会把它们扔进垃圾箱，我自己也只好停止写作。所以我想说，没有读者，就不会有我的今天。我也想说，读者的信就是我的养料。当然我指的不是个别的读者，是读者的大多数。而且我也不是说我听从读者的每一句话，回答每一封信。我只是想说，我常常根据读者的来信检查自己写作的效果，检查自己作品的作用。我常常这样地检查，也常常这样地责备自

---

① 作者注：徐某某可能表示"抗议"说："我上面还有'长官'，我按照他们的指示办事。我也只是讲讲话，骂骂人。执行的是别人，是我下面的那些人。他们按照我的心思办事。"总之，这一伙人中间的任何一个都是四十年代的督学所望尘莫及的。

己，我过去的写作生活常常是充满痛苦的。

新中国成立前，尤其是抗战以前，读者来信谈的总是国家、民族的前途和个人的苦闷以及为这个前途献身的愿望或决心。没有能给他们具体的回答，我常常感到痛苦。我只能这样地鼓励他们：旧的要灭亡，新的要壮大；旧社会要完蛋，新社会要到来；光明要把黑暗驱逐干净。在回信里我并没有给他们指出明确的路。但是和我的某些小说不同，在信里我至少指出了方向，并不含糊的方向。对读者我是不会使用花言巧语的。我写给江安中学学生的那封信常常在我的回忆中出现。我至今还想起我在三十年代中会见的那些年轻读者的面貌，那么善良的表情，那么激动的声音，那么恳切的言辞！我在三十年代和四十年代初期见过不少这样的读者，我同他们交谈起来，就好像看到了他们的火热的心。一九三八年二月我在小说《春》的序言里说："我常常想念那无数纯洁的年轻的心灵，以后我也不能把他们忘记……"我当时是流着眼泪写这句话的。序言里接下去的一句是"我不配做他们的朋友"，这说明我多么愿意做他们的朋友啊！我后来在江安给中学生写回信时，在我心中激荡的也是这种感情。我是把心交给了读者的。

在三十年代和四十年代中很少有人写信问我什么是写作的秘诀。从五十年代起提出这个问题的读者就多起来了。我答不出来，因为我不知道。但现在我可以回答了：把心交给读者。我最初拿起笔，是这样想法，今天在五十二年之后我还是这样想。我不是为了做作家才拿起笔写小说的。

　　我一九二七年春天开始在巴黎写小说，我住在拉丁区，我的住处离先贤祠（国葬院）不远，先贤祠旁边那一段路非常清静。我经常走过先贤祠门前，那里有两座铜像：卢梭和伏尔泰。在这两个法国启蒙时期的思想家，这两个伟大的作家中，我对"梦想消灭不平等和压迫"的"日内瓦公民"的印象较深，我走过像前常常对着铜像申诉我这个异乡人的寂寞和痛苦，对伏尔泰我所知较少，但是他为卡拉斯老人的冤案、为西尔文的冤案、为拉·巴尔的冤案、为拉里-托伦达尔的冤案奋斗，终于平反了冤狱，使惨死者恢复名誉，幸存者免于刑戮，像这样维护真理、维护正义的行为我是知道的，我是钦佩的。还有两位伟大的作家葬在先贤祠内，他们是雨果和左拉。左拉为德莱斐斯上尉的冤案斗争，冒着生命危险替受害人辩护，终于推倒诬陷不实的判决，让人间地狱中的含冤者重见光明。

　　这是我当年从法国作家那里受到的教育。虽然我"学而不用"，但是今天回想起来，我还不能不感激老师，在"四害"横行的时候，我没有出卖灵魂，还是靠着我过去受到的教育，这教育来自生活，来自朋友，来自书本，也来自老师，还有来自读者。至于法国作家给我的"教育"是不是"干预生活"呢？"作家干预生活"曾经被批判为右派言论，有少数人因此二十年抬不起头。我不曾提倡过"作家干预生活"，因为那一阵子我还没有时间考虑。但是我给关进"牛棚"以后，看见有些熟人在大字报上揭露"巴金的反革命真面目"，我朝夕盼望有一两位作家出来"干预生活"，替我雪冤。我在梦里好像见到了伏尔泰和左拉，但梦醒以后更加感到空虚，明知伏尔泰和左拉要是生活在一九六七年的上海，他们也只好在"牛棚"里摇头叹气。这样说，原来我也是主张"干预生活"的。

左拉死后改葬在先贤祠，我看主要原因还是在于他对平反德莱斐斯冤狱的贡献，人们说他"挽救了法兰西的荣誉"。至今不见有人把他从先贤祠里搬出来。那么法国读者也是赞成作家"干预生活"的了。

最后我还得在这里说明一件事情，否则我就成了"两面派"了。

这一年多来，特别是近四五个月来，读者的来信越来越多，好像从各条渠道流进一个蓄水池，在我手边汇总。对这么一大堆信，我看也来不及看。我要搞翻译，要写文章，要写长篇，又要整理旧作，还要为一些人办一些事情，还有社会活动，还有外事工作，还要读书看报。总之，杂事多，工作不少。我是"单干户"，无法找人帮忙，反正只有几年时间，对付过去就行了。何况记忆力衰退，读者来信看后一放就忘。有时找起来就很困难。因此对来信能回答的不多。并非我对读者的态度有所改变，只是人衰老，心有余而力不足。倘使健康情况能有好转，我也愿意多为读者做些事情。但是目前我只有向读者们表示歉意。不过有一点读者们可以相信，你们永远在我的想念中。我无时无刻不祝愿我的广大读者有着更加美好、更加广阔的前途，我要为这个前途献出我最后的力量。

可能以后还会有读者来信问起写作的秘诀，以为我藏有万能钥匙。其实我已经在前面交了底。倘使真有所谓秘诀的话，那也只是这样的一句：把心交给读者。

一九七九年二月二日

第四辑　我的故事

过　年

　　书桌放在窗前，每天我坐在这里，望着时光悄悄地走过去。看着，看着，又到了年终的时候。我的心海里涌起了波涛。

　　一年一年这样地过去，人渐渐地老起来，离坟墓越来越近。这是事实，然而使我如此感动的原因却不是这个。我是在悔恨我自己又把这一年大好的光阴白白地浪费了。不过我并不因此而有什么感伤。悔恨和感伤是不同的。

　　过去的年华像一座一座的山横在我后面。假使我回过头去，转身往后面走，翻越过一座山又一座山，我就会看见我的童年。事实上我有时候也作过这样的旅行。于是我在一座山的脚下站住了。

　　在我这个房间里不是常有小孩来玩么？六岁的，四岁的，三岁的。他们今天忘了昨天的事，甚至下午就忘了午前的事情。一分钟哭，过一分钟又笑。他们的世界是何等的简单！我最近也曾略略地研究过他们的心理，虽然不能说很了解，但是像一个狂信者那样地做着自己想做的事情：

这种态度我倒有些明白。有一个时候我也曾经是这样的孩子!

旧历大年初二，母亲出去拜客了。我穿着臃肿的黄缎子棉袍和花缎棉鞋，一个人躲在花园后面一个小天井里燃放"地老鼠"之类的花炮，不知道怎样竟然把自己的棉鞋烧起来了。我当时不知道自己脱鞋，却只顾哭着叫人，等到老妈子来时，右脚上已经烧烂了一块，以后又误于庸医，于是躺在床上呻吟了两三个月。我后来身体不健康，跟这件事情多少有点关系。

但是不管这个，我当时仍然过得很幸福，脚一好我也就把那件事情忘掉了。我一天关在书房里念那些不懂的书，一有机会就溜出来玩，到年底听说要放年假，心里的快活简直是无法形容的。孩子们喜欢新年，因为新年里热闹，而且可以毫无顾忌地痛快玩十多天。

在那些时候我做过种种黄金似的好梦；但是我绝不曾想到世界上会有这种种的事情，像我现在所看见的。那时我也曾有过能够早早长大的愿望。但是长大到了现在，孩童时代的幻梦都跟着年光流去了，只剩下这一颗满是创伤的心。而且当时我所爱过、恨过的人大半都早已安睡在寂寞的坟墓里面了。我是踏着尸骸走过长途，越过万重山而达到现在这个地方的。

黄金的童年啊!如果真像一般人那样感叹地这么想着，那真是"往事不堪回首"了!

所以四十几年前逝世的俄国诗人拉特松①有过一首叫做《床边》的诗：

孩子，在温暖、柔软的小床中，
你在梦里发出了这样的低语：
"啊，上帝啊，我什么时候才会长大呢？
啊，只要人能够生长得更快一点啊！
那些讨厌的功课，我不要再学了，
那讨厌的琴调我不要再练习了；
我要常常去找朋友们玩呢，
我要常常到花园里去散步呢！"
我正埋着头做事，便带了忧郁的微笑，
默默地倾听着你的话语……
睡罢，我的宝贝，趁着你还在父亲的保护下
不曾知道世间的种种烦恼的时候……
睡罢，我的小鸟儿！那严酷的时光
无情地快快飞去了，并不肯等着谁……
生活常常是一副重担。
光荣的童年就像一个假日，会去得很快……
要是我能和你掉换一下，那是多么快活：
我只愿能像你那样地快乐，歌唱，

---

① 谢·雅·拉特松（С. я. НадсоН，1862—1887）：俄国诗人。

我只愿能像你那样高兴地笑，

吵闹地玩，无忧无虑地四处观看！

　　这不是在译诗，这只能算是直译俄文的意思。我奇怪拉特松怎么会写出这样的诗！他一共不过活了二十五岁，即使这首诗是他临死的那年写的，也嫌早一点。二十五岁的人无论如何不应该说这样的话。他死得早，大概因为他的心被这种忧郁蚕食了。

　　我跟他不同。我虽然有"一颗满是创伤的心"，但是我仍愿带着这颗心去走险途。我并不愿意年光倒流重返到儿时去，纵使这儿时真如一般人所说，是梦一般的美丽。孩子是生活在这个世界里而看不见这个世界的人。但这个世界存在而且支配着他的事实却是铁铸一般地无可改变的。

　　做一个盲人好呢，还是做一个因为有眼睛而痛苦的人？我当然选取后者。而且我还想为这种痛苦做一点点事情。

　　在这一点上我倒应该给拉特松一个公道。因为先前忘记说下去，在中途便停止了。拉特松也写过像《那些心里还存着对于黎明的将来的愿望的人，醒来罢!》（多么长的一个题目!）一类的诗，有着"和夜的黑暗斗争，好让阳光重新普照大地"的句子。并且据说拉特松有一个时期也很为青年们所欢迎，他的诗集也销过二三十版，因为他表现了当时青年的热望——爱被虐待受侮辱的同胞，为崇高的理想，为自由、平等、博爱而奋斗。但可惜的是那些诗我还不曾有机会读过。他的诗我只读了四首。

算到现在为止，我已经比拉特松多活了好几年了。我对于同时代的青年的热望，又做过什么事情呢？我们这时代的青年的热望不也就是——爱那被虐待受侮辱的同胞，为自由、平等、博爱而奋斗吗？

固然我写过几本小说之类的东西（我只说类似小说，因为也许有些正统派的小说家从艺术的观点来看，说它们并不是小说），但那是多么微弱的呼声啊！所以在回顾快要过去的一九三四年的时候，我又不觉为这一年光阴的浪费而感到痛悔了。

做孩子的时候，每到元旦，总要给父亲逼着在红纸条上写几个恭楷的字，作为元旦试笔。如今父亲已经在坟墓里做了十几年的好梦，再没有人来逼我写这一类的东西了。想到这里我似乎应当有一点点感伤。但是我并没有。也许我这颗心给生活的洪炉炼成了钢铁了。

一九三四年十二月在横滨

我的幼年

　　窗外落着大雨，屋檐上的水槽早坏了，这些时候都不曾修理过，雨水就沿着窗户从缝隙浸入屋里，又从窗台流到了地板上。

　　我的书桌的一端正靠在窗台下面，一部分的雨水就滴在书桌上，把堆在那一角的书、信和稿件全打湿了。

　　我已经躺在床上，听见滴水的声音才慌忙地爬起来，扭燃电灯。啊，地板上积了那么一大摊水！我一个人吃力地把书桌移开，使它离窗台远一些。我又搬开了那些水湿的书籍，这时候我无意间发见了你的信。

　　你那整齐的字迹和信封上的香港邮票吸引了我的眼光，我拿起信封抽出了那四张西式信笺。我才记起四个月以前我在怎样的心情下收到你的来信。我那时没有写什么话，就把你的信放在书堆里，以后也就忘记了它。直到今天，在这样的一个雨夜，你的信又突然在我的眼前出现了。朋友，你想，这时候我还能够把它放在一边，自己安静地躺回到床上闭着眼睛睡觉吗？

为了这书，我曾在黑暗中走了九英里的路，而且还经过三个冷僻荒凉的墓场。那是在去年九月二十三日夜，我去香港，无意中见到这书，便把袋中仅有的钱拿来买了。这钱我原本打算留来坐 Bus 回鸭巴甸的。

在你的信里我读到这样的话。它们在四个月以前曾经感动了我。就在今天我第二次读到它们，我还仿佛跟着你在黑暗中走路，走过那些荒凉的墓场。你得把我看作你的一个同伴，因为我是一个和你一样的人，而且我也有过和这类似的经验。这样的经验我确实有的太多了。从你的话里我看到了一个时期的我的面影。年光在我的面前倒流过去，你的话使我又落在一些回忆里面了。

你说，你希望能够更深切地了解我。你奇怪是什么东西把我养育大的？朋友，这并不是什么可惊奇的事，因为我一生过的是"极平凡的生活"。我说过，我生在一个古老的家庭里，有将近二十个长辈，有三十个以上兄弟姊妹，有四五十个男女仆人，但这样简单的话是不够的。我说过我从小就爱和仆人在一起，我是在仆人中间长大的。但这样简单的话也还是不够的。我写出了一部分的回忆，但我同时也埋葬了另一部分的回忆。我应该写出的还有许多、许多的事情。

是什么东西把我养育大的？我常常拿这个问题问我自

己。当我这样问的时候，最先在我的脑子里浮动的就是一个"爱"字。父母的爱，骨肉的爱，人间的爱，家庭生活的温暖，我的确是一个被人爱着的孩子。在那时候一所公馆便是我的世界，我的天堂。我爱一切的生物，我讨好所有的人。我愿意揩干每张脸上的眼泪，我希望看见幸福的微笑挂在每个人的嘴边。

然而死在我的面前走过了。我的母亲闭着眼睛让人家把她封在棺材里。从此我的生活里缺少了一样东西。父亲的房间突然变得空阔了。我常常在几间屋子里跑进跑出，唤着"妈"这个亲爱的字。我的声音白白地被寂寞吞食了，墙壁上母亲的照片也不看我一眼。死第一次在我的心上投下了阴影。我开始似懂非懂地了解恐怖和悲痛的意义了。

我渐渐地变成了一个爱思想的孩子。但是孩子的心究竟容易忘记，我不会整天垂泪。我依旧带笑带吵地过日子。孩子的心就像一只羽毛刚刚长成的小鸟，它要飞，飞，只想飞往广阔的天空去。

幼稚的眼睛常常看不清楚。小鸟怀着热烈的希望展翅向天空飞去，但是一下子就碰着铁丝网落了下来。这时我才知道，自己并不是在自由的天空下面，却被人关在一个铁丝笼里。家庭如今换上了一个面目，它就是阻碍我飞翔的囚笼。

然而孩子的心是不怕碰壁的。它不知道绝望，它不知道困难，一次做失败的事情，还要接二连三地重做。铁丝的坚硬并不能够毁灭小鸟的雄心。经过几次的碰壁以后，连安静的孩子也知道反抗了。

　　同时在狭小的马房里，我躺在那些病弱的轿夫的烟灯旁边，听他们叙述悲痛的经历；或者在寒冷的门房里，傍着暗淡的清油灯光，听衰老的仆人绝望地倾诉他们的胸怀。那些没有希望只是忍受苦刑般地生活着的人的故事，在我的心上投下了第二个阴影。而且我的眼睛还看得见周围的一切。一个抽大烟的仆人周贵偷了祖父的字画被赶出去做了乞丐，每逢过年过节，偷偷地跑来，躲在公馆门前石狮子旁边，等着机会央求一个从前的同事向旧主人讨一点赏钱，后来终于冻馁地死在街头。老仆人袁成在外面烟馆里被警察接连捉去两次，关了几天才放出来。另一个老仆人病死在门房里。我看见他的瘦得像一捆柴的身子躺在大门外石板上，盖着一张破席。一个老轿夫出去在斜对面一个亲戚的家里做看门人，因为别人硬说他偷东西，便在一个冬天的晚上用了一根裤带吊死在大门内。当这一切在我的眼前发生的时候，我含着眼泪，心里起了火一般的反抗的思想。我说我不要做一个少爷，我要做一个站在他们一边，帮助他们的人。

　　反抗的思想鼓舞着这只不知天高地厚的小鸟用力往上面飞，要冲破那个铁丝网。但铁丝网并不是软弱的翅膀所能够冲破的。碰壁的次数更多了。这期间我失掉了第二个爱我的人——父亲。

我悲痛我的不能补偿的损失。但是我的生活使我没有时间专为个人的损失悲哀了。因为这个富裕的大家庭在我的眼前变成了一个专制的王国。仇恨的倾轧和斗争掀开平静的表面爆发了。势力代替了公道。许多可爱的年轻的生命在虚伪的礼教的囚牢里挣扎，受苦，憔悴，呻吟以至于死亡。然而我站在旁边不能够帮助他们。同时在我的渴望发展的青年的灵魂上，陈旧的观念和长辈的威权像磐石一样沉重地压下来。"憎恨"的苗于是在我的心上发芽生叶了。接着"爱"来的就是这个"恨"字。

年轻的灵魂是不能相信上天和命运的。我开始觉得现在社会制度的不合理了。我常常狂妄地想：我们是不是能够改造它，把一切事情安排得更好一点。但是别人并不了解我。我只有在书本上去找寻朋友。

在这种环境中我的大哥渐渐地现出了疯狂的倾向。我的房间离大厅很近，在静夜，大厅里的任何微弱的声音我也可以听见。大厅里放着五六乘轿子，其中有一乘是大哥的。这些时候大哥常常一个人深夜跑到大厅上，坐到他的轿子里面去，用什么东西打碎轿帘上的玻璃。我因为读书睡得很晚，这类声音我不会错过。我一听见玻璃破碎声，我的心就因为痛苦和愤怒痛起来了。我不能够再把心关在书上，我绝望地拿起笔在纸上涂写一些愤怒的字眼，或者捏紧拳头在桌上捶。

后来我得到了一本小册子，就是克鲁泡特金的《告少年》（这是节译本）。我想不到世界上还有这样的书！这里面全是我想说而没法说得清楚的话。它们是多么明显，多么合理，多么雄辩。而且那种带煽动性的笔调简直要把一个十五岁的孩子的心烧成灰了。我把这本小册子放在床头，每夜都拿出来，读了流泪，流过泪又笑。那本书后面附印着一些警句，里面有这样的一句话："天下第一乐事，无过于雪夜闭门读禁书。"我觉得这是千真万确的。从这时起，我才开始明白什么是正义。这正义把我的爱和恨调和起来。

　　但是不久，我就不能以"闭门读禁书"为满足了。我需要活动来发散我的热情，需要事实来证实我的理想。我想做点事情，可是我又不知道应该怎样地开头去做。没有人引导我。我反复地翻阅那本小册子，译者的名字是真民，书上又没有出版者的地址。不过给我这本小册子的人告诉我可以写信到上海新青年社去打听。我把新青年社的地址抄了下来，晚上我郑重地摊开信纸，怀着一颗战栗的心和求助的心情，给《新青年》的编者写信。这是我一生写的第一封信。我把我的全心灵都放在这里面，我像一个谦卑的孩子，我恳求他给我指一条路，我等着他来吩咐我怎样献出我个人的一切。

　　信发出了。我每天不能忍耐地等待着，我等着机会来牺牲自己，来消耗我的活力。但是回信始终没有来。我并不抱怨别人，我想或者是我还不配做这种事情。然而我的心并不曾死掉，我看见上海报纸上载有赠送《夜未央》的广告，便寄了邮票去。在我的记忆还不曾淡去时，书来了，是一个剧本。我形容不出这本书给我的激动。它给我打开了一个新的眼界。我第一次在另一个国家的青年为人民争自由谋幸福的斗争里找到了我的梦境中的英雄，找到了我的终身的事业。

大概在两月以后，我读到一份本地出版的《半月》，在那上面我看见一篇《适社的旨趣和组织大纲》，这是转载的文章。那意见和那组织正是我朝夕所梦想的。我读完了它，我的心跳得很厉害。我无论如何不能够安静下去。两种冲突的思想在我的脑子里争斗了一些时候。到夜深，我听见大哥的脚步声在大厅上响了，我不能自主地取出信纸摊在桌上，一面听着玻璃打碎的声音，一面写着愿意加入"适社"的信给那个《半月》的编辑，要求他做我的介绍人。

这信是第二天发出的，第三天回信就来了。一个姓章的编辑亲自送了回信来，他约我在一个指定的时间到他的家里去谈话。我毫不迟疑地去了。在那里我会见了三四个青年，他们谈话的态度和我家里的人完全不同。他们充满了热情、信仰和牺牲的决心。我把我的胸怀，我的痛苦，我的渴望完全吐露给他们。作为回答，他们给我友情，给我信任，给我勇气。他们把我当作一个知己朋友。从他们的谈话里我知道"适社"是重庆的团体，但是他们也想在这里成立一个类似的组织。他们答应将来让我加入他们的组织，和他们一起工作。我告辞的时候，他们送给我几本"适社"出版的宣传册子，并且写了信介绍我给那边的负责人通信。

事情在今天也许不会是这么简单，这个时候人对人也许不会这么轻易地相信，然而在当时一切都是非常自然。这个小小的客厅简直成了我的天堂。在那里的两小时的谈话照彻了我的灵魂。我好像一只被风暴打破的船找到了停泊的港口。我的心情昂扬，我带着幸福的微笑回到家里。就在这天的夜里，我怀着佛教徒朝山进香时的虔诚，给"适社"的负责人写了信。

我的生活方式渐渐地改变了，我和那几个青年结了亲密的友谊。我做了那个半月刊的同人，后来也做了编辑。此外我们还组织了一个团体——均社。我自称为"安那其主义者"（即"无政府主义者"——编者注），就是从那时候开始的。团体成立以后就来了工作。办刊物、通讯、散传单、印书，都是我们所能够做的事情。我们有时候也开秘密会议，时间是夜里，地点总是在僻静的街道，参加会议的人并不多，但大家都是怀着严肃而紧张的心情赴会的。每次我一个人或者和一个朋友故意东弯西拐，在黑暗中走了许多路，听厌了单调的狗叫和树叶飘动声，以后走到作为会议地点的朋友的家，看见那些紧张的亲切的面孔，我们相对微微地一笑，那时候我的心真要从口腔里跳了出来。

我感动得几乎不觉到自己的存在了。友情和信仰在这个阴暗的房间里开放了花朵。

但这样的会议是不常举行的，一个月也不过召集两三次，会议之后是工作。我们先后办了几种刊物，印了几本小册子。我们抄写了许多地址，亲手把刊物或小册子一一地包卷起来，然后几个人捧着它们到邮局去寄发。五一节来到的时候，我们印了一种传单，派定几个人到各处去散发。那一天天气很好，我挟了一大卷传单，在离我们公馆很远的一带街巷里走来走去，直到把它们散发光了，又在街上闲步一回，知道自己没有被人跟着，才放心地到约定集合的地方去。每个人愉快地叙述各自的经验。这一天我们就像在过节。又有一次我们为了一件事情印了传单攻击当时统治省城的某军阀。这传单应该贴在几条大街的墙壁上。我分得一大卷传单回到家里。晚上我悄悄地叫一个小听差跟我一起到十字街口去。他拿着一碗浆糊。我挟了一卷传单，我们看见墙上有空白的地方就把传单贴上去。没有人干涉我们。有几次我们贴完传单走开了，回头看时，一两个黑影子站在那里读我们刚才贴上去的东西。我相信在夜里他们要一字一字地读完它，并不是容易的事情。

《半月》是一种公开的刊物，社员比较多而复杂。但主持的仍是我们几个人。白天我们中间有的人要上学，有的人要做事，夜晚我们才有空聚在一起。每天晚上我总要走过几条黑暗的街巷到"半月社"去。那是在一个商场的楼上。我们四五个人到了那里就忙着卸下铺板，打扫房间，回答一些读者的信件，办理种种的杂事，等候那些来借阅书报的人，因为我们预备了一批新书报免费借给读者。我们期待着忙碌的生活，宁愿忙得透不过气来。共同的牺牲的渴望把我们大家如此坚牢地系在一起。那时候我们只等着一个机会来交出我们个人的一切，而且相信在这样的牺牲之后，理想的新世界就会跟着明天的太阳一同升起来。这样的幻梦固然带着孩子气，但这是多么美丽的幻梦啊！

我就是这样地开始了我的社会生活的。从那时起，我就把我的幼年深深地埋葬了……

窗外刮起大风，关住的窗门突然大开了。雨点跟着飘了进来。我面前的信笺上也溅了水。写好的信笺被风吹起，散落在四处。我不能够继续写下去了，虽然我还有许多话没有向你吐露。我想，我不久还有机会给你写信，叙述那些未说到的事情。我不知道我上面的话能不能够帮助你更了解我。但是我应该感谢你，因为你的信给我唤起了这许多宝贵的回忆。那么就让这风把我的祝福带给你罢。现在我也该躺一会儿了。

一九三六年八月深夜

我的故事

　　我在大太阳下面跑了半天的路，登了五十级楼梯，到了一个地方①，刚刚揩了额上的汗珠坐下，你的信就映入我的眼帘。我拆开信封，你那陌生而古怪的笔迹刺着我的眼睛。我看了几个字，把信笺放回到信封里；我又去拆第二封信……我把别的几封信都匆忙地读了，同你的信一起放在衣袋里。我和这个地方的人说了几句话，便又匆匆地走下五十级楼梯，跑到街心去了。刚好前面停着一辆无轨电车。我一口气跑了过去。车子正要开动，我连忙跳了上去。车厢里人很少，我占着宽敞的座位。过了一会儿，我的心的跳动渐渐地恢复了常态，我可以把思想集中在一件事情上面了，我便取出你的信来，仔细地但很费力地读了一遍，我不曾遗漏一个字，甚至写在你的名字下面的日期。那么一个悲痛的日子②！我不会把它忘掉。在你的名字上面写着的"一个小孩子"五个字，使我深深地感动。

---

　　① 　一个地方：指当时的文化生活出版社，在上海福州路436号三楼。
　　② 　指九月十八日。

电车到了一个站头，我下了车。我半跑半走地到了另一个地方，又登上几十级楼梯，在一个窄小的编辑室①里坐下来，我开始校对一篇我的稿子，就是那个悲痛的日子的文章②。关于那个日子我应该写一篇有力的东西。但是文句从我的笔下流到纸上，却变成多么软弱的句子了。生在这个时代，连我们的手和我们的舌头都似乎被什么东西钳住了似的，然而我们却尽管昂着头得意地走在街上说我们是自由的人！我校完那篇短文，我望着镶在它四周的宽黑边，一阵暗云在我的眼前飞过，我的心变得沉重起来。甚至那油墨印出的字迹也在对着我哭泣了。我不能够忍耐。我反抗地把校样折起发回给排字工人，我反抗地做出笑脸，对朋友们说了好几句话。于是有人来通知说，一个从乡下来的朋友在下面等着见我。我便走了下去。

四年的分别使我几乎不认识那个年轻友人了。四年前我和他有过一次谈话的机会。后来他托一位朋友转给我一只剥制过的小鳄鱼。那个热带动物至今还趴在我的书架上。它的尾巴被一个朋友的小孩折断了一节，但是它的口还凶恶地大大张开。我每次望着它那个好像要把我吞下去的大嘴，就想起了南国灿烂的阳光，明亮的河流，长春的树木，尤其是那些展示了生命之丰富与美丽的大树。我的寒冷的

---

① 编辑室：指当时在北四川路的良友图书公司的编辑室。
② 文章：指《文季月刊》（良友公司发行）一九三六年九月号的卷头语。

房间因此渐渐地暖起来。这温暖也曾帮助我写成一些文章。我感谢那个朋友，但是我却没有机会向他表示谢忱。这一天我见到他，我们到附近一个咖啡店①里去谈了一个多钟头。他是从炎热的南洋来的，在那边他每天都喝咖啡，可是现在他说他不大喝它了。我从前看见他的时候，他似乎是一个健谈的人，如今他却不大开口了。每一次我闭了嘴看他，他的眼光停在我的脸上，他脸上的肌肉微微地动着，嘴也微微地动着，他似乎有许多不寻常的话要说出来。但是他只说了三四句寻常的话又沉默了。我很了解他：他不愿意回到守旧的乡村，想在都市里找到一个职业，只求能够简单地生活下去，为社会做一点有益的事情，为自己求得更多的学识。他这样一个大学毕业生找职业，要求并不高，但是这个社会上到处都是墙壁，没有一道门为他开过半扇。我后来问过一个朋友，得到的回答是："大学毕业生，不敢碰。"别人以为"小事情不敢请大学生屈就"，而大事情却又被有势力的人"捷足先登"了。这是一个普遍的悲剧。在我们这个国家里要个别地找到个人的出路，似乎很艰难。我怀着痛苦的心情勉强做出笑容，对这位朋友说了不少安慰和鼓励的话。他好像渐渐地兴奋起来了。但是从咖啡店出来，我和他在街口握手告别的时候，我仔细地回想到刚才对他说的那些话，我又有一种痛苦不安的感

---

① 咖啡店：指街角的"安乐园"。当时有人找我或靳以谈话，我们常常约他或她在那里见面。

觉。我的那些话对他能够有什么帮助呢？我不是白白地浪费了他的光阴么？

我回到编辑室，看见写字桌上有一封从北方来的信，也是一个不认识的朋友写的，我拆开信，取出那几张作为信笺的稿纸，我忽然胆怯起来，我不敢看它们，我就把它们揣在怀里。过了一阵一个电话打来，要我再到我先前离开的那个地方去，有人在那里等我。我匆忙地走到无轨电车的站头。无轨电车又把我带到先前来过的地方。我又登了五十级楼梯走到三层楼上。在这里我和不曾约定而无意间碰在一起的几个朋友，谈了将近一个多钟头的闲话。我又应该回到一点多钟前离开的那个地方去。因为那边还有朋友等着我一道吃饭，现在是吃饭的时候了。我从这里邀了一个朋友和我同去。

我们到了一家广东饭馆①，另一个朋友②交了一封信给我。一位患着肺病而不得不在南京一个机关里当小职员的友人③用快信告诉我，他的太太死了。一个影子在我的眼前掠过。我恍惚地看见了死的面影。我的心变得沉重了。我和这位友人两年多不通信了，和他的太太分别还是四年前的事。我记得很清楚：在北平的一个秋天的傍晚，那位脸颊红红的年轻太太，从她的母亲家小心翼翼地抱了新缝

---

① 广东饭馆：指北四川路虬江路口的"新雅"。
② 另一个朋友：指靳以。
③ 友人：指缪崇群。

的铺盖到公寓里来，那情景还非常鲜明地现在我的眼前。这一对病弱的夫妇给了我不少的友情的温暖。我更不能忘记他们送我到车站的情景，那一天我们谈了许多话，但以后这些都成了春梦。我离开了他们，漂游了不少的地方，回到上海住了将近一年以后，在这个上海的秋天的傍晚，却意外地得到他的信，知道他的太太"在上月二十五日傍晚已经死去了，她想挣扎再也不能挣扎地向生活永诀了"。那位朋友接着还说："她临死的时候还说，她死后，我将是世界上一个最漂泊的人，我漂泊到什么地方去，又为什么要漂泊，她就没有给我接着说，连我也不知道！"

我反复地读着信，我几乎当着几个朋友的面流下眼泪来，但是我终于用绝大的努力忍住了。我甚至开始大声说笑话。我似乎完全忘记了朋友的事情。然而在我的眼前还不时晃动着那两片红红的脸颊，和那一张苍白色的瘦削的脸。

我们在饭馆里坐了一个多钟头，安静地走出来，看见街上飞驰的兵车和惊慌的行人，才知道一个重大的"事件"突然发生了。一些市街在"友邦"军队①的警戒下断绝了交通。我看见了不少的枪刺，绕了不少的圈子，并且靠了一个黄包车夫的帮助，才回到了家。我怀着激动的心

---

① "友邦"军队：指日本海军陆战队。

情，给他写了回信①。我还继续写我的长篇小说②。这些时候外面静得如在一座古城，只有一些兵车的声音来打破这窒息人的沉寂。我一直写到深夜四点多钟。

朋友，你看，对于你那两页信笺我所能答复的就只是这最后的两行。（你说："我很愿意知道你现在的情形，告诉我一些关于你的故事吧，那么我们中间会了解的。"）我只能够简略地告诉你一点点我的生活情形。你看我是一个多么软弱无力的人，而且我过的又是多么平凡的生活啊！

你说："我永远忘不了从你那里得来的勇气。"你说："你给了我生活的勇气。你给了我战斗的力量。"朋友，你把我过分地看重了。倘使你真的有那勇气，真的有那力量，那么应该说是社会把你磨练出来的。你这个"陌生的十几岁的女孩"，你想不到现在是你给了我勇气，使我写出上面那些事情的。那么让我来感谢你吧。

一九三六年九月

---

① 回信：见《答一个北方青年朋友》。
② 长篇小说：指《春》，当时在《文季月刊》上连载。

我的哥哥李尧林^①

一

　　前些时候我接到《大公园》编者的信，说香港有一位读者希望我谈谈我哥哥李尧林的事情。在上海或者北京也有人向我表示过类似的愿望，他们都是我哥哥的学生。我哥哥去世三十七年了，可是今天他们谈论他，还仿佛他活在他们的中间，那些简单、朴素的语言给我唤起许多忘却了的往事。我的"记忆之箱"打开了，那么一大堆东西给倾倒了出来，我纵然疲乏不堪，也得耐心把它们放进箱内，才好关上箱子，然后加上"遗忘之锁"。

　　一连两夜我都梦见我的哥哥，还是在我们年轻的时候，醒过来我才想起我们已经分别三十七年。我这个家里不曾有过他的脚迹，可是他那张清瘦的脸在我的眼前还是这么

<hr>

　　① 本篇最初连续发表于一九八三年八月二十三日至二十五日香港《大公报·大公园》。

亲切，这么善良，这么鲜明。我不知道自己还可以工作多少时候，但是我的漫长的生活道路总会有一个尽头，我也该回过头去看看背后自己的脚印了。

我终于扭转我的开始僵化的颈项向后望去。并不奇怪，我看到两个人的脚印，在后面很远、很远的地方。在我的童年，在我的少年，甚至青年时期的一部分，我和哥哥尧林总是在一起，我们冒着风雪在泥泞的路上并肩前进的情景还不曾在我眼前消失。一直到一九二五年暑假，不论在家乡，还是在上海、南京，我们都是同住在一间屋子里。他比我年长一岁有余，性情开朗，乐观。有些事还是他带头先走，我跟上去。例如去上海念书这个主意就是他想出来，也是他向大哥提出来的。我当时还没有这个打算。离家后，一路上都是他照顾我，先在上海，后去南京，我同他在一起过了两年多的时间，一直到他在浦口送我登上去北京的火车。这以后我就开始了独往独来的生活，遇事不再征求别人的意见，一切由我自己决定。朋友不多，他们对我了解不深，他们到我住的公寓来，大家谈得热烈，朋友去后我又感到寂寞。我去北京只是为了报考北京大学。检查体格时医生摇摇头，似乎说我的肺部不好。这对我是一个意外的打击，我并未接到不让参加考试的通知，但是我不想进考场了。尧林不在身边，我就轻率地做了决定，除了情绪低落外，还有一个原因，我担心不会被录取。

从北京我又回到南京，尧林还在那里，他报考苏州东吴大学，已经录取了。他见到我很高兴，并不责备，倒安慰我，还陪我去找一个同乡的医生。医生说我"有肺病"，不厉害。他知道我要去上海，就介绍我去找那个在法租界开业的医生（也是四川人，可能还是他的老师）。我在南京住了两天，还同尧林去游了鸡鸣寺、清凉山，就到上海去了。他不久也去了苏州。

他在苏州念书，我在上海养病、办刊物、写文章。他有时也来信劝我好好养病、少活动、读点书，我并没有重视他的劝告。我想到他的时候不多，我结交了一些新朋友。但偶尔遇到不如意的事情，情绪不好时，我也会想到哥哥。这年寒假，我到苏州去看他，在他们的宿舍里住了一夜。学生们都回家去了，我没有遇见他的同学。当时的苏州十分安静，我们像在南京时那样过了一天，谈了不少的话，总是谈大哥和成都家中的事。我忽然问他："你不觉得寂寞吗？"他摇摇头带着微笑答道："我习惯了。"我看得出他的笑容里有一种苦味。他改变了。他是头一次过着这样冷冷清清的生活。大哥汇来的钱不多，他还要分一点给我，因此他过得更俭省，别人都走了，他留下来，勤奋地学习。我了解他的心情，我觉察出他有一种坚忍的力量，我想他一定比我有成就，他可以满足大哥的期望吧。在闲谈中我向他提起一个朋友劝我去法国的事，他不反对，但他也不鼓励我，他只说了一句"家里也有困难"。他讲的是真话，我们那一房正走着下坡路，入不敷出，家里人又不能改变生活方式，大哥正在进行绝望的挣扎，他把希望寄托在我们两个兄弟的"学成归来"。在我这方面，大哥的希望破灭了。担子落在三哥一个人的肩头，多么沉重！我同情他，也敬佩他；但又可怜他，总摆脱不掉他那孤寂瘦弱的身形。我们友爱地分别了。他送给我一只旧怀表，我放在衣袋里带回上海，过两三天就发觉表不见了，不知道它是在什么时候给扒手拿走的。

去法国的念头不断地折磨我，我考虑了一两个月，终于写信回家，向大哥提出要求，要他给我一笔钱作路费和在法国短期的生活费。大哥的答复是可以想象到的：家中并不宽裕，筹款困难，借债利息太高，等等，等等。他的话我听不进去，我继续写信要求。大哥心软，不愿一口拒绝，要三哥劝我推迟赴法行期两三年。我当时很固执，不肯让步。三哥写过两封信劝我多加考虑，要我体谅大哥的处境和苦衷。我坚持要走。大哥后来表示愿意筹款，只要求我和三哥回家谈谈，让我们了解家中经济情况。这倒叫三哥为难了。我们两个都不愿回家。我担心大家庭人多议论多，会改变大哥的决定。三哥想，出外三年，成绩不大，还不如把旅行的时间花在念书上面，因此他支持我的意见。最后大哥汇了钱给我，我委托上海环球学生会办好出国手续，领到护照，买到船票，一九二七年一月十五日坐海轮离开了上海。

出发前夕，我收到三哥的信（这封信我一直保存到今天），他写道：

　　你这次动身，我不能来送你了，望你一路上善自珍摄。以后你应当多写信来，特别是寄家中的信要写得越详越好。你自来性子很执拗，但是你的朋友多了，应当好好地处，不要得罪人使人难堪，因此弄得自己吃苦。××兄年长、经验足，你遇事最好虚心请教。你到法国后应当以读书为重，外事少管，因为做事的机会将来很多，而读书的机会却只有现在很短的时间。对你自己的身体也应当特别注意，有暇不妨多运动，免得生病……

这些话并不是我当时容易听进去的。

二

　　以上的话全写在我住院以前。腿伤以后，我就不可能再写下去了。但是在我的脑子里哥哥的形象仍然时常出现。我也想到有关他的种种往事，有些想过就不再记起，有些不断地往来我的眼前。我有一种感觉：他一直在我的身边。

　　于是我找出八个月前中断的旧稿继续写下去……

　　我去法国，我跟三哥越离越远，来往信件也就越少。我来到巴黎接触各种新的事物，他在国内也变换了新的环境。他到了北平转学燕京大学，我也移居沙多-吉里小城过隐居似的学习和写作的生活。家中发生困难，不能汇款接济，我便靠译书换取稿费度日，在沙多-吉里城拉封丹中学寄食寄宿，收费很少。有一个住在旧金山的华侨工人钟时偶尔也寄钱帮助，我一九二八年回国的路费就是他汇给我的。

我回国后才知道三哥的生活情况比我想象的差得多。他不单是一个"苦学生"，除了念书他还做别的工作，或者住在同学家中当同学弟弟的家庭教师，领一点薪金来缴纳学费和维持生活。他从来没有向人诉苦，也不悲观，他的学习成绩很好，他把希望放在未来上面。

一九二九年大哥同几个亲戚来上海小住，我曾用大哥和我的名义约三哥到上海一晤。他没有来，因为他在暑假期间要给同学的弟弟补习功课。其实还有一个问题，我在去信中并不曾替他解决，本来我应当向大哥提出给他汇寄路费的事。总之，他错过了同大哥见面的机会。

一九三〇年他终于在燕京大学毕了业，考进了南开中学做英语教师。他在燕京大学学习了两个科目：英语和英语教学，因此教英语他很有兴趣。他借了债，做了两套西装，准备"走马上任"。

作为教师，他做出了成绩，他努力工作，跟同学们交了朋友。他的前途似乎十分平坦，我也为他高兴。但是不到一年意外的灾祸来了，大哥因破产自杀，留下一个破碎的家。我和三哥都收到从成都发来的电报。他主动地表示既然大哥留下的担子需要人来挑，就让他来挑吧。他答应按月寄款回家，从来不曾失过信，一直到抗战爆发的时候。去年我的侄儿还回忆起成都家中人每月收到汇款的情况。

一九三三年春天，三哥从天津来看我，我拉他同去游了西湖，然后又送他到南京，像他在六年前送我北上那样，我也在浦口站看他登上北去的列车。我们在一起没有心思痛快地玩，但是我们有充分的时间交换意见。我的小说《激流》早已在上海《时报》上刊完，他也知道我对"家"的看法。我说，我不愿意为家庭放弃自己的主张。他却默默地挑起家庭的担子，我当时也想象得到他承担了多大的牺牲。后来我去天津看他，在他的学校里小住三次。一九三四年我住在北平文学季刊社，他也来看过我。同他接触较多，了解也较深，我才知道我过去所想象的实在很浅。他不单是承担了大的牺牲，应当说，他放弃了自己的一切。他背着一个沉重的（对他说来是相当沉重的）包袱，往前走多么困难！他毫不后悔地打破自己建立小家庭的美梦。

他甘心做一个穷教员，安分守己，认真工作。看电影是他唯一的娱乐；青年学生是他的忠实朋友，他为他们花费了不少的精力。

他年轻时候的勇气和锐气完全消失了。他是那么善良，那么纯真。他不愿意伤害任何人，我知道有一些女性向他暗示过爱情，他总是认为自己穷，没有条件组织美满的小家庭，不能使对方幸福。二十世纪三十年代我们在北平见面，他从天津来参加一位同学妹妹的婚礼。这位女士我也见过，是一个健美的女性，三哥同她一家熟，特别是同她和她的哥哥。她的父母给她找了对象，订了婚，却不如意，她很痛苦，经过兄妹努力奋斗（三哥也在旁边鼓励他们），婚约终于解除。三哥很有机会表示自己的感情，但是他知道姑娘父母不会同意婚约，看不上他这样一个穷女婿。总之，他什么也没有表示。姑娘后来另外找到一个门当户对的男人订了婚。至于三哥，他可能带着苦笑地想，我早已放弃一切了。我可没有伤害任何一个人啊！

他去贺喜之前，那天在文学季刊社同我闲聊了两三个小时，他谈得不多。送他出门，我心里难过。我望着他的背影，虽然西服整洁，但他显得多么孤寂，多么衰老！

三

一九三九年我从桂林回上海，准备住一个时期，写完长篇小说《秋》。我约三哥来上海同住，他起初还在考虑，后来忽然离开泡在大水中的天津到上海来了。事前他不曾来过一封信。我还记得中秋节那天下午听见他在窗下唤我，我伸出头去，看见一张黑瘦的面孔，我几乎不相信会是他。

他就这样在上海住下来。我们同住在霞飞坊（淮海坊）朋友的家里，我住三楼，他住在三楼亭子间。我已经开始了《秋》，他是第一个读者，我每写成一章就让他先看并给我提意见。不久他动手翻译俄国冈查罗夫的小说《悬崖》，也常常问我对译文的看法。他翻译《悬崖》所根据的英、法文译本都是我拿给他的。我不知道英译本也是节译本，而且删节很多。这说明我读书不多，又常是一知半解，我一向反对任意删改别人的著作，却推荐了一本不完全的小说，浪费他的时间。虽然节译本《悬崖》还是值得一读，他的译文也并不错，但想起这件事，我总感到内疚。

第二年（一九四〇年）七月，《秋》出版后我动身去昆明，让他留在上海，为文化生活出版社翻译几本西方文学名著。我同他一块儿在上海过了十个月，仿佛回到了几十年前在南京的日子，我还没有结婚，萧珊在昆明念书，他仍是孤零零一个人。一个星期里我们总要一起去三四次电影院，也从不放过工部局乐队星期日的演奏会。我们也喜欢同逛旧书店。我同他谈得很多，可是很少接触到他的内心深处。他似乎把一切都看得很淡，很少大声言笑，但是对孩子们、对年轻的学生还是十分友好，对翻译工作还是非常认真。

当时我并没有想到，现在回想往事，我不能不责备自己关心他实在不够。他究竟有什么心事，连他有些什么朋友，我完全不知道。离开上海时我把他托给主持文化生活出版社的朋友、散文作家陆蠡，这是一个难得的好人。他们两位在浦江岸上望着直航海防的轮船不住地挥手。他们的微笑把我一直送到海防，还送到昆明。

这以后我见到更多的人，接触到更多的事，但寄上海的信始终未断。这些信一封也没有能留下来，我无法在这里讲一讲三哥在上海的情况。不到一年半，我第二次到桂林，刚在那里定居下来，太平洋战争爆发，上海的消息一下子完全断绝了。

日本军人占领了上海的租界，到处捉人，文化人处境十分危险。我四处打听，得不到一点真实的消息。谣言很多，令人不安。听说陆蠡给捉进了日本宪兵队，也不知是真是假。过了一个较长的时期，我意外地收到三哥一封信，信很短，只是报告平安，但从字里行间也看得出日军铁蹄下文化人的生活。这封信在路上走了相当久，终于到了我眼前。我等待着第二封信，但不久我便离开了桂林，以后也没有能回去。

我和萧珊在贵阳旅行结婚，同住在重庆。在重庆我们迎接到"胜利"。我打电报到上海，三哥回电说他大病初愈，陆蠡下落不明，要找，马上去沪。我各处奔走，找不到交通工具，过了两个多月才赶回上海，可是他在两天之前又病倒了。我搭一张帆布床睡在他旁边。据他说病不重，只是体力差，需要休养。

我相信这些话。何况我们住在朋友家，朋友是一位业余医生，可以解决一些问题。这一次我又太大意了。他起初不肯进医院，我也就没有坚持送他去，后来还是听他说："我觉得体力不行了""还是早点进医院吧"，我才找一位朋友帮忙让他住进了医院。没有想到留给他的就只有七天的时间！事后我常常想：要是我回到上海第二天就送他进医院，他的病是不是还有转机，他是不是还可以多活若干年？我后悔，我责备自己，已经来不及了。

七天中间他似乎没有痛苦，对探病的朋友们他总是说"蛮好"。但谁也看得出他的体力在逐渐衰竭。我和朋友们安排轮流守夜陪伴病人。我陪过他一个晚上，那是在他逝世前两夜，我在他的床前校改小说《火》的校样。他忽然张开眼睛叹口气说："没有时间了，讲不完了。"我问他讲什么。他说"我有很多话"。又说："你听我说，我只对你说。"我知道他在讲胡话，有点害怕，便安慰他，劝他好好睡觉，有话明天说。他又叹口气说了一句："来不及了。"好像不认识我似的，看了我两眼，于是闭上了眼睛。

第二天早晨我离开病床时，他要说什么话，却没有说出来，只说了一个"好"字。这就是我们弟兄最后一次的见面。下一天我刚起床就得到从医院来的电话，值夜班的朋友说："三哥完了。"

我赶到医院，揭开面纱，看死者的面容。他是那么黄瘦，两颊深陷，眼睛紧闭，嘴微微张开，好像有什么话，来不及说出来。我轻轻地唤一声"三哥"，我没有流一滴眼泪，却觉得有许多根针在刺我的心。我为什么不让他把心里话全讲出来呢？

　　下午两点他的遗体在上海殡仪馆中入殓。晚上我一个人睡在霞飞坊五十九号的三层楼上，仿佛他仍然睡在旁边，拉着我要说尽心里的话。他说谈两个星期就可以谈完，我却劝他好好休息不要讲话。是我封了他的嘴，让他把一切带进了永恒。我抱怨自己怎么想不到他像一支残烛，烛油流尽烛光灭，我没有安排一个机会同他讲话，而他确实等待着这样的机会。因此他没有留下一个字的遗嘱。只是对朋友太太讲过要把"金钥匙"送给我。我知道"金钥匙"是他在燕京大学毕业时因为成绩优良而颁发给他的。他一生清贫，用他有限的收入养过"老家"，帮助过别人，这刻着他的名字的小小的"金钥匙"是他唯一珍贵的纪念品，再没有比它更可贵的了！它使我永远忘不了他那些年勤苦、清贫的生活，它使我今天还接触到那颗发热、发光的善良的心。

　　九天以后我们把他安葬在虹桥公墓，让他的遗体在一个比较安静的环境里得到安息。他生前曾在智仁勇女子中学兼课，五个女生在他墓前种了两株柏树。

　　他翻译的《悬崖》和别的书出版了，我们用稿费为他两次修了墓，请钱君匋同志写了碑文。墓上用大理石刻了一本摊开的书，书中有字："别了，永远别了。我的心在这里找到了真正的家。"它们是我从他的译文中选出来的。我相信，他这个只想别人、不想自己的四十二岁的穷教师在这里总可以得到永久的安息了。第二次修墓时，我们在墓前添置了一个石头花瓶，每年清明和他的忌日我们一家人都要带来鲜花插在瓶内。有时我们发现瓶中已经插满鲜花，别人在我们之前来扫过墓，一连几年都是这样。有一次有人远远地看见一位年纪不大的妇女的背影，也不曾看清楚。后来花瓶给人偷走了。我打算第三次为他修墓，仍然用他自己的稿费，我总想把他的"真正的家"装饰得更美好些。但是已经没有时间了。不久发生了"文化大革命"，我靠了边，成了斗争的对象。严寒的冬天在"牛棚"里我听人说虹桥公墓给砸毁了，石头搬光，尸骨遍地。我一身冷汗，只希望这是谣言，当时我连打听消息的时间和权利都没有。

后来我终于离开了"牛棚"。我要去给三哥扫墓，才发现连虹桥公墓也不存在了。那么我到哪里去找他的"真正的家"？我到哪里去找这个从未伤害过任何人的好教师的遗骨呢？得不到回答，我将不停地追问自己。

八月十日写完

朋 友

这一次的旅行使我更了解一个名词的意义，这个名词就是：朋友。

七八天以前我曾对一个初次见面的朋友说："在朋友们面前我只感到惭愧。你们待我太好了，我简直没法报答你们。"这并不是谦虚的客气话，这是真的事实。说过这些话，我第二天就离开了那个朋友，并不知道以后还有没有机会再看见他。但是他给我的那一点点温暖至今还使我的心颤动。

我的生命大概不会很长久罢。然而在短促的过去的回顾中却有一盏明灯，照彻了我的灵魂的黑暗，使我的生存有一点光彩。这盏灯就是友情。我应该感谢它，因为靠了它我才能够活到现在；而且把旧家庭给我留下的阴影扫除了的也正是它。

世间有不少的人为了家庭抛弃朋友，至少也会在家庭和朋友之间划一个界限，把家庭看得比朋友重过若干倍。这似乎是很自然的事情。我也曾亲眼看见一些人结婚以后就离开朋友，离开事业。……

朋友是暂时的，家庭是永久的。在好些人的行为里我发现了这个信条。这个信条在我实在是不可理解的。对于我，要是没有朋友，我现在会变成怎样可怜的东西，我自己也不知道。

然而朋友们把我救了。他们给了我家庭所不能给的东西。他们的友爱，他们的帮助，他们的鼓励，几次把我从深渊的边缘救回来。他们对我表示了无限的慷慨。

我的生活曾经是悲苦的，黑暗的。然而朋友们把多量的同情，多量的爱，多量的欢乐，多量的眼泪分了给我，这些东西都是生存所必需的。这些不要报答的慷慨的施舍，使我的生活里也有了温暖，有了幸福。我默默地接受了它们。我并不曾说过一句感激的话，我也没有做过一件报答的行为。但是朋友们却不把自私的形容词加到我的身上。对于我，他们太慷慨了。

这一次我走了许多新地方，看见了许多新朋友。我的生活是忙碌的：忙着看，忙着听，忙着说，忙着走。但是我不曾遇到一点困难，朋友们给我准备好了一切，使我不会缺少什么。我每走到一个新地方，我就像回到我那个在上海被日本兵毁掉的旧居一样。

每一个朋友，不管他自己的生活是怎样苦，怎样简单，也要慷慨地分一些东西给我，虽然明知道我不能够报答他。有些朋友，连他们的名字我以前也不知道，他们却关心我的健康，处处打听我的"病况"，直到他们看见了我那被日光晒黑了的脸和膀子，他们才放心地微笑了。这种情形的确值得人掉眼泪。

有人相信我不写文章就不能够生活。两个月以前，一个同情我的上海朋友寄稿到《广州民国日报》的副刊，说了许多关于我的生活的话。他也说我一天不写文章第二天就没有饭吃。这是不确实的。这次旅行就给我证明：即使我不再写一个字，朋友们也不肯让我冻馁。世间还有许多慷慨的人，他们并不把自己个人和家庭看得异常重要，超过一切。靠了他们我才能够活到现在，而且靠了他们我还要活下去。

朋友们给我的东西是太多、太多了。我将怎样报答他们呢？但是我知道他们是不需要报答的。

最近我在法国哲学家居友的书里读到了这样的话："生命的一个条件就是消费……世间有一种不能跟生存分开的慷慨，要是没有了它，我们就会死，就会从内部干枯。我们必须开花。道德，无私心就是人生的花。"

在我的眼前开放着这么多的人生的花朵了。我的生命要到什么时候才会开花？难道我已经是"内部干枯"了么？

一个朋友说过："我若是灯，我就要用我的光明来照彻黑暗。"

我不配做一盏明灯，那么就让我做一块木柴罢。我愿意把我从太阳那里受到的热放散出来，我愿意把自己烧得粉身碎骨给人间添一点点温暖。

图书在版编目（CIP）数据

鸟的天堂 / 巴金著. -- 武汉：长江文艺出版社，
2023.6
　　ISBN 978-7-5702-3109-6

　　Ⅰ. ①鸟… Ⅱ. ①巴… Ⅲ. ①散文集－中国－现代
Ⅳ. ①I266

　　中国国家版本馆 CIP 数据核字 (2023) 第 070294 号

鸟的天堂

NIAO DE TIANTANG

责任编辑：李　艳　　　　　　　　　责任校对：毛季慧
封面设计：天行云翼·宋晓亮　　　　责任印制：邱　莉　胡丽平

出版：长江出版传媒 长江文艺出版社
地址：武汉市雄楚大街 268 号　　　　邮编：430070
发行：长江文艺出版社
http://www.cjlap.com
印刷：湖北画中画印刷有限公司

开本：640 毫米×970 毫米　　　　1/16　　印张：7.25　　　　插页：4 页
版次：2023 年 6 月第 1 版　　　　　2023 年 6 月第 1 次印刷
字数：67 千字

定价：23.00 元